用文字照亮每个人的精神夜空

领读文化传媒
LiNGDU Culture & Media

微信 | 微博 | 豆瓣　领读文化

苏雪林
——
著

唐诗二十讲

湖南人民出版社·长沙

出版说明

本书原名《唐诗概论》，由商务印书馆出版于1933年12月，为民国时期的出版物，后多次重印。作者自有其文字风格，各时代也有其语言习惯，本版不做改动，以保留当时的语言原貌。作者所据诗文版本，或与现通行版本有所出入，或有记忆错误，为方便读者阅读、查阅，也为避免以讹传讹，本版对引文的字词错误做了修改。在编辑过程中，也对知识性错误和字词标点错误（特别是容易引起歧义的）做了订正。在格式上原文未做规范的，本版也统一做了修改。特此说明。

目 录

第一讲 | 唐诗隆盛之原因　　001

第二讲 | 唐诗变迁之概况　　012

第三讲 | 初唐四杰　　023

第四讲 | 沈、宋与律诗　　034

第五讲 | 初唐几个白话诗人　　040

第六讲 | 开、天文学之先驱　　047

第七讲 | 开、天间诗人与乐府新词　　055

第八讲 | 战争和边塞作品　　065

第九讲 | 隐逸风气和自然的歌唱　　078

第十讲 | 浪漫文学主力作家李白　　092

第十一讲	写实主义开山大师杜甫	108
第十二讲	大历间的诗人	126
第十三讲	险怪派领袖诗人韩愈	149
第十四讲	韩派诗人	160
第十五讲	功利派首创者白居易	172
第十六讲	白派诗人	189
第十七讲	唯美文学启示者李贺	203
第十八讲	诗谜专家李商隐	217
第十九讲	李商隐同时诗人	229
第二十讲	唐末诗坛	239

第一讲

唐诗隆盛之原因

唐朝是诗歌的黄金时代，作家之多，作品之富，都表现一种惊人的统计。论作家则中国文学史上天才诗人大半产生于这时代，他们制造无数风格与派别。初唐则有王、杨、卢、骆之美丽，上官仪之婉媚，沈、宋之新声，陈子昂之古风。开元、天宝间有李白之飘逸，杜甫之沉郁，孟浩然之清雅，王维之恬静，储光羲之真率，王昌龄之俊伟，高适、岑参之悲壮，李颀、常建之超凡。大历、贞元中，则有韦应物之雅淡，刘长卿之闲旷，钱起之清赡，皇甫冉兄弟之冲秀。元和之际，则有韩愈之雄奇，李贺之奥丽，卢仝之鬼怪，孟郊、贾岛之寒瘦。开成而后，则有杜牧之豪迈，温庭筠之绮靡，李商隐之隐僻。由晚唐至于唐末，诗人尚复辈出，各极其才力之所至，卓然成家，绝不致有蹈袭剽窃，拾人余唾之弊，真有天地间气偏钟此时之慨。

论作品则宋计有功撰《唐诗纪事》八十一卷，所录凡一千一百五十家。明高棅编《唐诗品汇》九十卷，所录凡六百二十家，诗五千七百余首，又搜补作家六十一人，诗九百余首，为拾遗十卷。清圣祖于康熙四十四年（一七〇五），以明胡震亨《唐音统签》为蓝本，发内府所藏《全唐诗集》，命词臣参互校勘，蒐搜遗缺，为《全唐诗》一部，所录二千三百余家，九百卷，诗四万八千九百余首。其不为以上诸家所录而至湮没不彰者，尚不可胜计。诗的形式至唐亦大备：四、五、六、七言，及长短句皆有试作。五古肇自汉，六朝大盛，唐人沿袭旧制而变其风格，别为唐之五言。七古萌芽宋、齐，至唐而正式成立。律诗亦起六朝，但体制未纯，沈佺期、宋之问出而基础始奠。排律亦于此时成功，五、七绝为唐代乐府，亦于开元天宝间臻于全盛。至其综错离合，千变万化，更非片言可尽其妙。总而言之，我们知道自唐以后历五代、两宋、元、明、清凡千余年，诗歌形式无能出唐之范围，那就够了。

唐诗之所以呈空前发达状况者，历来都归功于科举。

严羽说："或问唐诗何以胜我朝（宋）？唐以诗取士，故多专门之学，我朝之诗所以不及也。"这话很可代表历代普通意见，然而并非完全可信。考《唐书·选举志》最初选举科目多至十余，有秀才、明经、进士、明法、明字、明算等名目，所试以经为重，亦常试赋。其后秀才、明经、进士三科，试亦仅用策；渐加箴、铭、论、表等杂文，渐进而用赋；至开元七年（七一九）才正式以诗取士。而且大诗人如李白、杜甫，进士榜上都没他们名字。杨慎说："胡子厚与予论诗曰：'人有恒言曰：唐以诗取士，故诗盛；今代（明）以经义选举，故诗衰。此论非也。诗之盛衰，系于人之才与学，不因上之所取也。汉以射策取士，而苏李之诗，班马之赋出焉，此岂系于上乎？屈原之《骚》，争光日月，楚岂以骚取人耶？况唐人所取五言八韵之律，今所传省题诗，多不工。今传世者，非省题诗也。……'余深服其言。"（《升庵诗话》）科举于唐诗既无甚帮助，则唐诗发达原因何在呢？照著者意见以为有以下几端：

（一）学术思潮之壮阔　唐为儒道佛三教并盛的时代。儒教自魏、晋之后，渐形不振，隋文统一天下，儒教乃有久蛰思启之意。《北史·儒林传》谓文帝初征辟儒生，远近毕至，相与讲论于东都之下。隋末王通隐居教授，续诗书，正礼乐，修元经，赞易道。唐之功臣房玄龄、杜如晦皆出其门下。唐太宗为秦王时，锐意经籍，以房、杜等十八人为学士，开文学馆，相与讨论经义，每至夜分而后罢。高祖武德二年（六一九）诏立周公孔子庙于国子学，四时致祭。太宗封孔子为先圣，颜子为先师。贞观二十一年（六四七）诏以左丘明、卜子夏至杜元凯、范宁二十一人配享宣尼庙。又诏令孔颖达与诸儒撰定《五经正义》一百七十卷，自唐至宋，明经取士皆依此本。太学学舍至一千二百区，学子之多可想而知。

至于道教则几乎为唐的国教，也可说是皇家的正教。盖唐本姓李，高祖武德三年（六二〇），信晋州人吉义之说，以老子为祖，立庙致祭。高宗乾封元年（六六六），追尊老子为玄元皇帝。玄宗开元二十九年（七四一），制两京诸州各置庙。天宝二年（七四三），追尊玄元皇帝为大圣祖玄元皇帝。帝亲注《道德经》，命士庶家藏一部。以庄子为南华真人，文子为通玄真人，列子为冲虚真人，庚桑子为洞虚真人，所著书都为真经，而以《道德经》为群经之首。又设立崇玄馆，学生习上列真经以应贡举。时常召见隐修道士，恩礼备至。贵族公主文人学士出家修道成为风气，甚至帝王亦在宫受道箓，为道门弟子。烧丹炼汞之术亦大盛，帝王饵金丹而崩者有太宗、宪宗（因服丹多躁怒，为宦官所弑）、武宗、宣宗等。公主诸王服药致死者前后约达百数。文人如卢照邻、李颀、李白、储光羲、白居易、陆龟蒙均与丹药发生过关系。道教之自然主义于浪漫文学有极大影响，如李白神仙诸作，固显明地为道教思想之骄儿，即王维、孟浩然之歌唱自然作品和唯美文学家李商隐关于女道士各诗，也受道教发达之赐。我们若说一句大胆的话，谓唐代文化大半带道家色彩也不为过。

佛教自东汉输入中国，到了南北朝而大为活动，唐贞观时，玄奘法师留学印度十余年，历一百三十八国，归时赍经典六百五十余部，与弟子从事翻译，太宗亲制《三藏圣教序》以宠之。高宗时义净三藏也航南海赴印度求经，经三十余国、二十五年，得经四百余部而归。宪宗亲迎佛骨以祈福应。文宗时，天下寺院多至四万余，僧尼七十余万人。虽中间有武宗之一番排斥，而宣宗时解禁，势力又逐渐恢复。至晚唐时儒教势力完全为道佛二教压倒。当时佛教共有十三宗，实际上则律、论、净土、禅、天台、华严、法相、真言八宗比较重要。

除此三大教之外，尚有祆教、摩尼教、景教、回教，虽传入中国时代之先后不同，而建寺度僧受法律保障则始于唐代。

战国时百家争鸣，所以学术之进步，有一日千里之观。唐代汇各种宗教于一处，回旋荡激，激起思想界壮阔的波澜，文学受他影响，自不待论。

（二）政治社会背景之绚烂　唐自太宗讲究文治，任用贤臣，轻徭薄赋，与民休息，在位二十三年而天下大治。《唐书·太宗本纪》说贞观四年（六三〇）全国大稔，米价甚贱，东至于海，南至于岭，皆外户不闭，行旅不赍粮，终岁仅断死囚二十九人，几于刑措。玄宗即位之初，亦复励精图治，诗人杜甫《忆昔》诗云："忆昔开元全盛日，小邑犹藏万家室。稻米流脂粟米白，公私仓廪俱丰实。九州道路无豺虎，远行不劳吉日出。……"《旧唐书》亦说开元末年频岁丰稔，京师米价，斛不盈二百。天下又安，虽行万里不持寸刃。社会有这一百多年的稳定，文化自然容易发展。

而且唐代对外武功之盛，也为秦汉以来所未有。唐初四十年的用兵，灭突厥，摧吐蕃，服吐谷浑、龟兹、波斯，招徕新罗、日本，击灭百济、高丽，都改易名王，设都护以监之。又征天竺俘其王，与大食国通商。南洋诸国像现在的交趾、柬埔塞、暹罗、婆罗洲、爪哇、苏门答腊，争先称藩入贡。综计唐声威所被，东至日本海，北达西比利亚，西被底格里斯河，南极印度洋，为东亚空前的大帝国。

那时夷狄外邦，不但屈于中国的武力，而且慕我文化，甘心归顺，或以仕于朝中，或以附为婚姻为荣。历史上可艳称的故事不一而足，今且述其一二则以概其余。贞观八年（六三四）高祖置酒未央宫，命突厥颉利可汗起舞，又遣南越酋长冯智戴咏诗，笑曰："胡越一家，自古未之有也。"太宗奉觞上寿，因说："臣早蒙慈训，教以文道，爰从义旗，平定京邑……三数年间，混一区宇……今上天垂佑，时和岁阜，被发左衽，并为臣妾。此岂臣智力，皆由上禀圣算。"高祖大悦，群臣皆呼万岁，极夜方罢。（见《旧唐书·高祖本纪》）太宗赋诗有"指麾八荒定，怀柔万国夷。梯山咸入款，驾海亦来思。单于陪武帐，日逐卫文櫜"（《幸武功庆善宫》），"百蛮奉遐赆，万国朝未央……车轨同八表，书文混四方"（《正日临朝》）及"九夷簉瑶席，五狄列琼筵"(《春日玄武门宴群臣》)等句。当时四夷宾服、八荒怀柔的盛况，可以想见一二。吐蕃王弃宗弄赞羡突厥、吐谷浑皆尚唐公主，遣使多赍金宝求婚，太宗因其道远不许。弄赞疑邻国离间，至于大动干戈，又兴师内犯，太宗讨平他之后，始妻以文成公主。弄赞大喜，执子婿礼于护送使臣江夏王道宗，慕中国衣服仪从之美，自服纨绮为华风以见公主。且以先世未有与帝女结婚的，特为公主筑一城以夸后世。公主恶其国人以赭涂面之俗，便下令禁止，公主好佛，即广筑佛寺，令国人悉皈依佛教。(见《唐书·吐蕃传》)又新罗、百济、高昌、吐蕃均派遣子弟入国子监受诗书，升讲筵者八千余人，复由中国敦请儒者至其国典章奏。日本屡遣僧徒学生来唐留学，日本之有文化实自唐代始。

这时唐成秦汉以后最大帝国，又为亚洲文化的代表，民族活动力既极其强大，则创造的意识当然也极其觉醒。而且交通便利，中外文化易于沟通，从前没有见过的人物，没有认识的东西，没有经历的境地现在也都一一领略到，人民眼界之广、心胸之阔、知识之富、思想之超越深邃，均超轶任何时代。法国路易十四时国势鼎盛，为欧洲盟主，国内文化也突飞跃进，西洋史家目之为"大世纪"。

唐代在那时也可说是"大世纪",所以一切音乐、绘画、雕刻、建筑都有非常的进步,谈到文学,则数百年相传的旧调子,自束缚他们不住了。

（三）文学格调创造之努力　胡适说"一切文学都从民间来",这真是文学史一条黄金定律。民间文学无非是些乐府歌谣之类。中国文学史上,文人拟民间乐府,曾有几次光荣的成就。第一次是建安时代,因此而有五言诗时代出现。第二次便是盛唐了。至于六朝人士拟《子夜歌》等小歌尚不足计算。胡适又说："建安时期的主要事业在于制作乐府歌辞,在于文人用古乐府的旧曲改作新词,开元天宝时期的主要事业也在于制作乐府歌辞,在于继续建安曹氏父子的事业,用活的语言同新的意境创造乐府新词。"（《白话文学史》第二六一页）唐人对于这种文学工作,似已有一种自觉的意识,所以极力推重建安。陈子昂《与东方左史虬修竹篇序》："……可使建安作者相视而笑",又说："汉魏风骨,晋宋莫传。"李白说："自从建安来,绮丽不足珍。"又说："蓬莱文章建安骨。"元稹《唐故工部员外郎杜君墓系铭并序》："建安之后,天下文士遭罹兵战。曹氏父子鞍马间为文,往往横槊赋诗,故其遒壮抑扬怨哀悲离之作，尤极于古……"其他推崇建安之语尚多，他们推崇建安时代的伟大，正是他们认识自己时代的伟大。

唐人创作乐府可分为两方面。一方面为帝王之提倡，唐太宗虽马上得天下，而颇富于文学天才，所作不脱齐、梁余习，而气象宏伟，自足表示开国皇帝的气象。他的媳妇武后也是一个爱好文学的君主，尝命上官婉儿衡量人才。又常在紫宫七宝帐与诸文臣分韵赋诗。今所传宋之问"明月夜珠"虽属律诗，而实作以应新翻御制曲之选，也可说是乐府之一种。以后此种风气愈为发达，《唐书·李适传》："（景龙中）凡天子飨会游豫，唯宰相及学士得从。春幸梨园，并渭水祓除，则赐细柳圈辟疠；夏宴蒲萄园，赐朱樱；秋登慈恩浮图，献菊花酒称寿；冬幸新丰，历白鹿观，上骊山，赐浴汤池，给香粉兰泽……帝有所感即赋诗，学士皆属和，当时人所歆慕。"明皇解音律，常使词臣造为乐府新词，李白《清平调》，明皇曾观谱之入玉笛。王昌龄、王之涣、崔颢、李颀都精于新乐府。公主贵人亦喜此道，有献新乐府者可以得官。

一方面则为诗人自己的制作，这也可分为两面，一为沿用乐府古题而自作新辞，李白为代表；一为用古乐府的精神来创造新乐府，杜甫、白居易等为代表。李白虽沿用乐府古题而不拘原意，也不拘原声调，其实就算创作。他的长短歌行体裁与自作乐府也相似，但并没有自命为乐府而已。天宝大乱后，文学由浪漫一变而为写实，觉得沿用乐府古题实嫌拘束，故自我作古，另创题目，杜甫的"三别""三吏"便是这类文学的代表。惟亦未自以新乐府自命。至李绅、元稹、白居易方正式提出"新乐府"三字。

制作乐府原不算什么稀罕，然而唐人能清楚认识文学自然的趋势，用民歌活的言语、活的境界来写新文艺，使诗歌内容充实，形式翻出无数花样，岂非值得叙述的一件事。

第二讲

唐诗变迁之概况

历来唐诗的分期法各有不同。严羽《沧浪诗话》:"论诗如论禅,汉、魏、晋与盛唐之诗,则第一义也。大历以还之诗,则小乘禅也,已落第二义矣。晚唐之诗,则声闻辟支果也。"他虽未标明中唐,但以大历为另一个时代则彰彰明甚。又将唐诗划为五体:一、唐初体;二、盛唐体;三、大历体;四、元和体;五、晚唐体。则又像由三分法而为五分法了。

明高棅编《唐诗品汇》,承严羽遗意,将唐诗分为正始、正宗、大家、名家、羽翼、接武、正变、余响、旁流九格,而以"初""盛""中""晚"四个阶段括之,见于他的《唐诗品汇序》。他这分法不但得明、清以来大部分人的拥护，现在论唐诗者还不敢出他的范围。唯后人虽用初、盛、中、晚的名目，而年代比高氏略有更动，今括普通意见为表如下：

初唐　由高祖武德初至玄宗开元初，约九十年。

盛唐　由开元天宝至代宗大历初，约五十年。

中唐　由大历初至文宗太和九年（八三五），约七十年。

晚唐　文宗开成初至昭宗天祐三年（九〇六），约八十年。

高氏将柳宗元、韩愈、元稹、白居易、李贺、卢仝、孟郊、贾岛归入晚唐，后人则归之于中唐，这又是不同之点。

近来胡适著《白话文学史》，其分期法又独出心裁。他以初唐为白话诗时期，举王梵志、王绩为代表，即四杰的作品也说有白话的倾向。盛唐分为两个时期，天宝大乱前为浪漫文学时代，大乱后直到中唐的韩、孟、元、白为写实文学时代。至于晚唐，则《白话文学史》卷中尚未出版，不知作何说法。

陆侃如、冯沅君合著的《中国诗史》卷中，则将全部唐诗分为李白、杜甫两大时代。初唐至天宝前的诗歌一概归入李白时代，天宝后至晚唐一概归入杜甫时代。

平心论之，前人初、盛、中、晚的分法，窒碍牵强之处固多，而近人以一个大作家代表千变万化的宗派，也嫌武断。现在我除不信初唐为白话诗时代外，浪漫写实则采用胡适的话，又参以个人的意见，将有唐一代诗歌分为五个时期：

第一期　继承齐、梁古典作风的时期。

第二期　浪漫文学隆盛的时期。

第三期　写实文学诞生的时期。

第四期　唯美文学发达的时期。

第五期　唐诗的衰颓的时期。

第一期自唐初至于开元初，约九十年。王绩、王勃、杨炯、卢照邻、骆宾王、沈佺期、宋之问、陈子昂、张九龄都是本期重要人物。

谈文学史者每喜以历朝朝代划分文学的时代，好像朝代一换，文学便立刻改变色彩似的。其实，我承认政治社会的大变动能够影响文学，至于朝代的长短、国号的更换，则和文学没有多大关系。有时候朝廷上换了几姓皇帝，而文学潮流进行如故；有时候文学已改变方向，而政局依然未动。像宋初的九僧沿袭贾岛的寒俭幽僻；杨亿、刘筠等学李商隐，号西昆体，经过四十年之久，至梅尧臣、苏舜钦而宋诗略有变化，欧阳修、苏轼、黄庭坚等出而宋诗之旗帜始换，壁垒一新，这是前者之例。明初诗歌不脱元人纤丽之习，前后七子出而诗体一变，公安派出而再变，竟陵派出而三变；又如民国肇立至今共二十二年，而五四前的文学与五四后的文学，要截然划分为两个时期，这是后者之例。

中国文学两汉以辞赋为主，近于西洋之古典主义，建安之后直至魏晋，则为浪漫主义的时代。到了齐、梁发明声律之学，诗人们辨彰清浊，掎摭利弊，酷裁八病，碎用四声，结果便产生了一种"近体"诗。这种近体，其实即后来律诗的胚胎。而且诗到梁、陈专讲用字的妖艳、音节的谐媚，竟弄得连篇累牍，不出月露之形，积案盈箱，尽是风云之状，又变成古典主义了。隋初欲变之而未果，唐初四杰、沈、宋等也不过承继此体而广之，并没有什么特异的表现，所以我们把初唐九十年间的诗歌划入六朝范围，也没有什么不可。至于王绩、寒山子、陈子昂特立于这个风气之外，那又不可一概而论的了。

第二期自开元初至天宝十四载（七五五）安禄山之乱约四十年。李白、王维、孟浩然、高适、岑参、李颀、崔颢、王昌龄,都是本期重要人物。

建安以后,梁、陈以前,固然可说是浪漫主义的时代,不过除曹植、陶潜、阮籍、鲍照四人以外,其余作家天才都在第二三流以下,所以不能和西洋十八世纪末十九世纪初的浪漫文学放射同样壮丽的光彩,至开、天时,王、孟、岑、高、崔、李才学均为不可多得,绝代天才李白也诞生在这时代,又加以政治社会的背景之绚烂,而后浪漫文学始如月到中天,光华圆满,潮来八月,声势惊人。

这时期的文学形式上则打破声调格律的枷锁,扫除妃白俪黄的恶习,而向自由解放的道路上走。内容则六朝以来风花雪月呆板的描写,变为变化多端大自然的追求:凡长江大河之壮观,深山茂林之幽奥,浩荡洞庭,艰难蜀道,天山雨雪,瀚海飞沙,一一奔凑诗人腕下。东汉以来浅薄的浮世享乐主义,进而为深罩厌世哲学观的颓废派,或成为肥遯鸣高享受田园清福的隐逸派,魏晋以来空泛的游侠歌颂如《白马篇》《少年行》之类,变成苍凉悲壮的边庭实录,梁陈以来华艳风流的宫体,变为代受压迫的妇女声诉的宫怨文学。

中国民族自汉以后即渐呈衰老之态,晋后与异族血液混合，酝酿数百年，至唐而又恢复青春，所以民族活动力强盛，其文学也新鲜、热烈，充满蓬勃的朝气与泼剌的精神，与六朝以来恹恹无气的女性文学不可同日而语。而其最青春的一时期，则宜以这四十余年浪漫文学为代表。

第三期自天宝大乱后至长庆之际约六十年。杜甫、韩愈、孟郊、贾岛、白居易、元稹，以及韦应物、刘长卿、张籍、王建、大历十子等均为本期的重要人物。

浪漫文学正当全盛，何以急转直下变成写实？原来唐自开元、天宝之极盛，国富民康，物质的享受过于丰裕，上下酣嬉，政治腐败，及渔阳鼙鼓动地而来，君臣束手，竟无法可以抵御。卒致两京陷落，宫阙蒙尘，玄宗仓皇西狩。安禄山、史思明的势力如火燎原，不久蔓延中国北部。中兴名将郭子仪、李光弼等费了无穷气力兼借外族之助，才将这次大乱戡定。不过中央政府的威权终于不能恢复，酿成宦官擅权、藩镇割据之局，荏苒至于五代而唐祚终屋！

天宝大乱延长至七八年。这七八年大流血大破坏之中，不但政治秩序紊乱不堪，社会经济也大崩溃，人民或死于兵燹，或填于沟壑，颠沛流离，莫可告语，极人世不堪之惨。这时候一般人的太平迷梦早已打破。而诗人饱经乱离之苦，对时代更有深刻的认识，文学的态度也就一变而为严肃、认真、深沉。而写实文学便于这时代勃然以兴。胡适说：

> 向来论唐诗的人都不曾明白这个重要的区别。他们只会笼统地夸说"盛唐"，却不知开元天宝的诗人与天宝以后的诗人，有根本上的大不同。开元天宝是盛世，是太平世；故这个时代的文学只是歌舞升平的文学，内容是浪漫的，意境是做作的。八世纪中叶以后的社会是个乱离的社会；故这个时代的文学是呼号愁苦的文学，是痛定思痛的文学，内容是写实的，意境是真实的。(《白话文学史》第三一〇页)

这真是千余年来未有之议论，以后我们论唐诗都当以此为准。

写实文学以杜甫开其端，元结、顾况则可算他的同志。大历后文学颇少时代色彩，但作诗的态度都很认真，也可说是受了写实主义洗礼的结果。韩愈一派虽以险怪见长，而内容亦注重人生问题，可说是三分浪漫七分写实的特别派。白居易、元稹直继杜甫衣钵，并变本加厉而为功利派，都有成为系统的理论，为写实文学张目。李贺虽为元和诗人，而他取经宫体自成一体，应当将他算作唯美文学的先驱，不算本期之内。

第四期自长庆末至大中末约三十年，李商隐、温飞卿、杜牧为本期重要人物。

今之论唐诗者把李商隐归入杜甫的时代，此说盖本之宋人。王安石云："唐人知学老杜而得其藩篱者，唯义山一人而已。每诵其'雪岭未归天外使，松州犹驻殿前军''永忆江湖归白发，欲回天地入扁舟'与'池光不受月，暮气欲沉山''江海三年客，乾坤百战场'之类，虽老杜无以过也。"（《蔡宽夫诗话》）叶梦得说："唐人学老杜唯商隐一人而已，虽未尽造其妙，然精密华丽，亦自得其仿佛。"（《石林诗话》）贺裳说："义山绮才艳骨，作古诗乃学少陵，如《井泥》《骄儿》……颇能质朴。"（《载酒园诗话又编》）朱弁谓商隐的"天意怜幽草，人间重晚晴"之类，置之杜集中亦无愧。（《风月堂诗话》）至宋以后，何义门亦谓晚唐中牧之、义山俱学杜甫，又谓其五言出庾开府，七言出杜工部，兼学刘梦得。（《义门读书记》）宋荦说晚唐李义山刻意学杜，亦是精丽。(《漫堂说诗》)众口一词，牢不可破，好像李商隐与杜甫，真有什么渊源似的。要知杜甫的长处，在沉默郁挫、悲壮苍凉，精丽不过是他的一格，若说商隐诗的精丽是由杜甫学来，则说他学沈佺期、宋之问岂不更为切合？

杜甫是写实主义的开山祖师，影响后世原极伟大，宋人推崇他，如儒家之尊周、孔，江河之朝宗，江西诗派奉之为不祧之祖，更崇拜得五体投地。明王世贞、李攀龙高唱文主秦、汉，诗规盛唐，也以杜甫为偶像，余波至钱谦益而未已。最近二三十年诗坛以江西派为宗，杜之势力亦迄未摇动。千余年来，我们这位诗人高坐黄金宝座，俨然南面称尊。李、杜虽并称，李实未尝有此荣耀。不过说也奇怪，这位诗界之王，在他当代，倒并没有这样威灵显赫。元白创功利文学，明白承认受他启示，此外则韩愈的险怪，和大历后诗人认真的风气虽受他影响，却都不肯明说。而且中唐青年诗人李贺便异军突起，不肯受他拘束。到了李商隐，同他更没甚关系了。所以以李商隐归入杜甫时代，我以为不大妥当。

大约李商隐一派的作品，表面则声调铿锵，颜色华美，结构精密，对偶工切，近于西洋一八六〇年间继浪漫而起之高蹈派。而句法排列，故意不照寻常习惯，措辞造语，又必暧昧隐约，曲折深奥，使读者寻味再三，尚不能得其正确命意。故说者谓其如朦胧的黄昏，黯淡的夜色，月下清风飘拂的花香，则又与西洋象征主义的文学有相似之点。这派文学实开中国诗歌之新境，为历来所未有。古人也说："诗莫备于有唐三百年，自初唐之浑雄，变而为中唐之清逸，至晚唐则光芒四射，不可端倪，如入鲛人之室，谒天孙之宫，文彩机杼，变化错陈。"可见古人已于下意识中感觉到晚唐已成为一个新时代了。那么我们将温、李等划为一个时期与浪漫写实并立，想不算什么好奇之论吧？

第五期自咸通初至于天祐三年（九〇六）约四十年。这时唐诗气运已完，第一流作家已绝迹，所有作品都沿袭前人余绪，不能推陈出新，比较重要的诗人有韩偓、陆龟蒙、皮日休、司空图等，次亦有赵嘏、方干、罗隐、许浑、马戴等。诗的派别见本书第二十章，此处不详述。

以上虽将唐代诗歌分期定出，但亦未必十分妥当。一则天下东西本非生来让你分类的，二则诗派源流的长短和诗人寿数的长短也都不定。要说明确地知道某派起于何时迄于何时，某人的影响始于何日终于何日，安排得整齐清楚，刀斩斧截，像算学公式一般，那就不啻痴人说梦。譬如本书陈子昂原属初唐诗人，死于沈佺期、宋之问之前，而我们因他为盛唐文学的先驱，所以划入第二期范围里。李贺原属中唐诗人，比韩愈早死十年，比白居易早死三十年，我们因他为晚唐唯美文学的启示者，也只好移在韩、白后面来讲。本书所谓唐末诗人多与晚唐诗人同时，只因他们乃属依傍一路，唯有与其他依傍家放在一处讨论。更如古典、浪漫、写实、唯美等名目，虽取之西洋而与原来意义亦未必尽合，不过为分别便利起见，借用而已。举此数例以概其余，则可知文学分类之不易。

第三讲

初唐四杰

所谓初唐四杰,乃王勃、杨炯、卢照邻、骆宾王四位诗人。

王勃(六五〇至六七六),字子安,绛州龙门人,为隋末大儒王通之孙,诗人王绩的侄孙。六岁善文辞。后渡海省父于交趾,溺水惊悸而卒,年仅二十六。

他尝于滕王阁作赋,以"落霞与孤鹜齐飞,秋水共长天一色"一联脍炙人口。其诗:

滕王高阁临江渚,佩玉鸣鸾罢歌舞。画栋朝飞南浦云,珠帘暮卷西山雨。闲云潭影日悠悠,物换星移几度秋。阁中帝子今何在?槛外长江空自流!(《滕王阁诗》)

《早春野望》 王勃

杨炯（六五〇至六九三），华阴人，十一岁举神童，长善属文，恃才倨傲，闻人"王、杨、卢、骆"之称，便说："吾愧在卢前，耻居王后！"后卒于盈川令，世称杨盈川。

卢照邻，字升之，范阳人，十岁即从曹宪、王义方授《苍》《雅》，为彭王府典签，王称之为"寡人之相如"。后得麻风疾，与亲友诀别，投颍水而死。

骆宾王，义乌人，七岁能属文，武后时为徐敬业传檄讨武后罪，后得檄但嘻笑读之，至"一抔之土未干，六尺之孤何托？"矍然改容，问谁作。答以骆宾王，后曰："宰相安得失此人！"敬业败，伏诛。或传其亡命为僧，在杭州灵隐寺与宋之问联句云云，不确。（此根据《旧唐书》本传及《李勣传》附之《徐敬业传》改正）

他曾作《帝京篇》传诵于世，以五七言综错铺排如《两京》《三都》，而风流冶艳，活泼生动，不似汉赋板重，果属创体。如：

> 山河千里国，城阙九重门。不睹皇居壮，安知天子尊。……秦塞重关一百二，汉家离宫三十六。桂殿嵚崟对玉楼，椒房窈窕连金屋。……当时一旦擅豪华，

《葭川独泛》 卢照邻

自言千载长骄奢。倏忽抟风生羽翼,须臾失浪委泥沙。黄雀徒巢桂,青门遂种瓜。黄金销铄素丝变,一贵一贱交情见。红颜夙昔白头新,脱粟布衣轻故人。故人有湮沦,新知无意气。灰死韩安国,罗伤翟廷尉。(骆宾王《帝京篇》)

四杰于音节极为讲究,所以诗歌均富于音乐之美。何大复《明月篇叙》:"初唐四子之作,往往可歌,反在少陵之上,说者以为有功于风雅。"王士祯虽有"莫逐刀圭误后贤"的抗议,但读四杰之作而发见其"可歌",不能谓其无见。四杰作品对音节的讲究,有如下的几项:

(一)隔句押韵　王勃的《采莲曲》很为有名。其中有句云:"官道城南把桑叶,何如江上采莲花。莲花复莲花,花叶何稠叠。叶翠本羞眉,花红强如颊。佳人不在兹,怅望别离时。牵花怜共蒂,折藕爱连丝。故情无处所,新物从华滋。不惜西津交佩解,还羞北海雁书迟。"

陆侃如指出这首诗"官道城南把桑叶"与下文"叠""颊"两韵相押,而"叶翠本羞眉"又与下文"兹""时""丝""滋"相押。又卢照邻《长安古意》也有同样的尝试。(《中国诗

《在军登城楼》 骆宾王

史》第六八九页）虽然我们在四杰诗中更寻不出第三例子，但《采莲曲》的押韵款式不能说它是无意的暗合。

（二）多用钩句　陆氏称此为"叠句"，但我觉得这种句子连上接下，其功用等于工具中之铰链，非排列式之叠句可比，所以杜撰此名。《诗》三百篇《大雅·文王》第二章为应用"钩句"最早之作品，其后曹植《赠白马王彪》、六朝《西洲曲》亦有模仿。但他们不过偶一用之以为游戏而已，四杰则除杨炯外每作七言必用钩句，而且法则变化无穷，竟成为他们作品特色之一。王勃《采莲曲》"相思苦""今已暮"已为陆氏举出，今更举数则：

第一式（单钩）

百丈游丝争绕树，一群娇鸟共啼花；啼花戏蝶千门侧，碧树银台万种色。（卢照邻《长安古意》）

第二式（双钩）

得成比目何辞死，愿作鸳鸯不羡仙；比目鸳鸯真可羡，双去双来君不见。（同前）

第三式（单钩变例）

宝盖雕鞍金络马，兰窗绣柱玉盘龙；绣柱璇题粉壁映，锵金鸣玉王侯盛；王侯贵人多近臣，朝游北里暮南邻。（骆宾王《帝京篇》）

第四式（双钩变例）

千回鸟信说众诸，百过莺啼说长短；长短众诸判不寻，千回百过浪关心。（骆宾王《代女道士王灵妃赠道士李荣》）

还有些例子不及细录。卢照邻《长安古意》共用钩句五处，骆宾王《帝京篇》五处，《畴昔篇》二处，《艳情·代郭氏答卢照邻》三处，《代女道士王灵妃赠道士李荣》七处。

（三）骈句　骆宾王之"莫言贫贱无人重，莫言富贵应须种""也知京洛多佳丽，也知山岫遥亏蔽""谁分迢迢经两岁，谁能脉脉待三秋""个时无数并妖妍，个里无穷总可怜""此时空床难独守，此日别离那可久"，卢照邻之"自言歌舞长千载，自谓骄奢凌五公""若个游人不竞攀，若个娼家不来折"，都是他们独创的风格。唯一首诗中连用钩句五六处，又用排句两三处，常不免显出结构上的单调，所以此法差不多及身而绝，没有传人。

此外则字句秀媚，如卢照邻《长安古意》"百丈游丝争绕树，一群娇鸟共啼花""节物风光不相待，桑田碧海须臾改，昔时金阶白玉堂，即今惟见青松在"，骆宾王《帝京篇》"小堂绮帐三千户，大道青楼十二重"，《畴昔篇》"不应白发顿成丝，直为黄沙暗如漆"，都是可歌咏之句。

王世贞《艺苑卮言》："卢、骆、王、杨号称四杰，词旨华靡，固沿陈、隋之遗，翩翩意象，老境超然胜之，五言遂为律家正始。内子安稍近乐府，杨、卢尚宗汉、魏，宾王长歌虽极浮靡，亦有微瑕，而缀锦贯珠，滔滔洪远，故是千秋绝艺。"近人遂谓四杰奠定五律七古基础，以宾王《在狱咏蝉》及所作七古之多为证（《中国诗史》第六七五至六七七页），但这话不见得完全可信。以五律论，自齐、梁间音韵之学出世，四声八病，讲求得非常苛碎，梁、陈时何逊、阴铿以"苦用心"著名，铿诗尤具五律规模，四杰于五律虽多作了几首，而比之阴铿进步亦有限，试看以下两首之比较便知：

> 怀土临霞观，思归想石门。瞻云望鸟道，对柳忆家园。寒田获里静，野日烧中昏。信美今何益，伤心自有源。（阴铿《和侯司空〈登楼望乡〉》）

> 百年怀土望，千里倦游情。高低寻戍道，远近听泉声。涧叶才分色，山花不辨名。羁心何处尽，风急暮猿清。（王勃《麻平晚行》）

句的平仄甚为严格，而章的平仄则否，骆宾王《在狱咏蝉》不过偶合于五律的法则，并非有意的提倡。以七古而论，则王勃集中有五首，卢照邻三首，骆宾王六首，杨炯未有尝试。王、卢均不脱乐府范围，宾王稍能自肆于绳墨之外。他的《艳情·代女道士王灵妃作》，都能脱离乐府旧套而独立，但往往过长，发言亦过于芜杂，尚不及王、卢之明净。王世贞谓其"亦有微瑕"，信然。且六朝时，鲍照有《行路难》十八首，梁武帝、庾信、陈后主七古尤多。隋末诗人杨师道《阙题》，唐太宗时王宏之《从军行》，陈子良之《于塞北春日思归》，阎立本之《巫山高》，高宗时上官仪之《和太尉戏赠高阳公》，均作七古体，四杰比他们多作一二篇，即以提倡之功归之，我以为这话是勉强的。

评四杰诗文最早者为杜甫，他《戏为六绝句》之二云："王杨卢骆当时体，轻薄为文哂未休。尔曹身与名俱灭，不废江河万古流！"之三云："纵使卢王操翰墨，劣于汉魏近风骚。龙文虎脊皆君驭，历块过都见尔曹！"在这两首诗里可见四杰在初唐数十年中虽著盛誉，则杜甫时代已纷纷被人集矢了。虽说文学风气的转移过速，而四杰绍承梁、陈遗风，除气象略加博大外，更无等贡献，也是为人不满的原因之一吧。

第四讲

沈、宋与律诗

律诗自梁、陈以来逐渐进化,到了沈、宋时代又有一度有意的"律诗运动",而且"律诗"二字的名目也是那时才有的。元稹《唐故工部员外郎杜君墓系铭并序》:"……而又沈、宋之流,研练精切,稳顺声势,谓之律诗,由是而后,文体之变极焉。"《新唐书·文艺传》中《宋之问传》:"魏建安后迄江左,诗律屡变,至沈约、庾信,以音韵相婉附,属对精密。及之问、佺期又加靡丽,回忌声病,约句准篇,如锦绣成文,学者宗之,号为沈、宋。语曰:'苏、李居前,沈、宋比肩。'"苏、李即苏武和李陵,前人谓其为五言诗之祖,作风与沈、宋本不相类,但汉至六朝为五言诗时代,唐为近体诗——律绝——时代,以沈、宋与苏、李并论,可见含有他们划分时代的暗示。严羽《沧浪诗话》:"风雅颂既亡,一变而为《离骚》,再变而为西汉五言,三变而为歌行杂体,四变而为沈、宋律诗。"王世贞《艺苑卮言》:"五言至沈、宋,始可称律。律为音律、法律,天下无严于是者。知虚实平仄不得任情,而法度明矣。二君正是敌手。"又胡应麟《诗薮》:"五言律体兆自梁、陈,唐初四子靡缛相矜,时或拗涩,未堪正始。神龙以还,卓然成调。沈、宋、苏、李合轨于先,王、孟、高、岑并驰于后。新制迭出,古体攸分,实词章改革之大机,气运推迁之一会也。"这些话都能认清时代,允称卓识。

宋之问(约六五六至七一二),字延清,一名少连,汾州人,伟仪貌,弱冠知名。武后时与杨炯分值内教,时张易之有宠,之问与阎朝隐等倾心媚附。易之败,贬泷州参军,逃归洛阳,匿张伸之家。伸之欲杀武三思,之问上书告密,由是擢官,天下丑其行。景龙中迁考功员外郎,谄事太平公主。及安乐公主权盛,又去攀附。睿宗立,以其狯险盈恶,诏流钦州,寻赐死。

沈佺期(约六五六至约七一五),字云卿,内黄人。及进士第,累除协事中。张易之败,长流驩州,神龙中召见拜起居郎，历官至太子詹事，开元初卒。

二人都是醉心利禄、谄佞无耻的小人，其对于当日诗坛的贡献比四杰伟大，就是上文所说的"律诗运动"了。律诗为什么在他二人时树立基础，也有原因。一则它自齐、梁以来，经过几百年的酝酿，到这时应当成熟。二则律诗的要素是"对偶"，此事讲求亦由来已久，《文心雕龙·丽辞篇》已有"四对"之说，上官仪更创为"六对"和"八对"(《诗苑类格》)，其精密较《文心》更进。《唐书》又称仪诗绮错婉媚，人多效之，谓为"上官体"，其实不过对偶工切而已。沈、宋有此凭借，奠定律诗基础，当然更不费力。三则唐初一百年间帝后均好文学，群臣应制之作不可胜数，应制诗本是一种应酬文艺，除歌功颂德之外别无内容，故形式特别注重；而且帝王游幸宴会之际，偶尔高兴，命词臣应制，谁的诗先成，谁可先得奖赏，所以这类诗章的体裁自然生出一种限制，而律诗更易成功了。沈、宋为武后朝文学侍从之臣，集中之诗十之四五为应制之作，其提倡"律诗运动"，实可谓出于帝王之熔陶。现引他们五七律各一首于下：

倚棹望兹川，销魂独黯然。乡连江北树，云断日南天。剑别龙初没，书成雁不传。离舟意无限，催渡复催年。（宋《渡吴江别王长史》）

闻道黄龙戍，频年不解兵。可怜闺里月，长在汉家营。少妇今春意，良人昨夜情。谁能将旗鼓，一为取龙城？（沈《杂诗三首》之三）

青门路接凤凰台，素浐宸游龙骑来。涧草自迎香辇合，岩花应待御筵开。文移北斗成天象，酒递南山作寿杯。此日侍臣将石去，共欢明主赐金回。（宋《奉和春初幸太平公主南庄应制》）

卢家少妇郁金堂，海燕双栖玳瑁梁。九月寒砧催木叶，十年征戍忆辽阳。白狼河北音书断，丹凤城南秋夜长。谁为含愁独不见，更教明月照流黄！（沈《古意呈补阙乔知之》）

我们再把赞助律诗成立的几个诗人略述一述。四杰之后杜审言、李峤、崔融、苏味道称为"四友"，四人中杜审言对律体的功绩更不容埋没。

杜审言，字必简，襄州襄阳人。其年代约当公元六四五至七〇八年。其五律以浑厚名。沈德潜《唐诗别裁集·凡例》："五言律，阴铿、何逊、庾信、徐陵已开其体，唐初人研揣声音，稳顺体势，其制大备。神龙之世，陈（子昂）、杜、沈、宋如浑金璞玉，不须追琢，自饶名贵。"又评审言律诗云："初唐五言律，不用雕镂，然后人雕镂者正不能到。故曰大巧若拙，陈、杜、沈、宋足以当之。"此外则五言长律渐具规模，也可以说是杜审言的贡献。宋谢灵运为五言诗，首尾皆偶，颜延年、谢瞻亦然，这虽非排律的体裁，但已接近了。唐初诗人上官仪的《安德山池宴集》《奉和秋日即目应制》都是很像样的排律。其同时诗人集中，六韵、七韵之排律几于俯拾即是。四杰集中此体亦多。虽无排律之名，却都有排律之实。（排律之名系明高棅截取元稹《杜工部墓志》中"排比声律"二字为之，古未尝有。）沈佺期、宋之问所作比较地"富赡精工"（胡应麟语），而沿袭旧制，长不过六韵八韵，很少十韵以上者。至杜审言则《赠崔融》诗长二十韵，《和李大夫嗣真奉使存抚河东》长至四十韵，后来他的孙子杜甫喜作长篇排律，"铺陈终始，排比声韵，大或千言，次犹数百"。蔡梦弼谓黄鲁直常言杜子美诗法出杜审言（《草堂诗话》），胡元任亦说老杜诗法乃家学所传（《苕溪渔隐丛话》),殊可信。

此外则崔湜、阎朝隐、刘元济、卢藏用、马怀素、武平一、上官婉儿,都是那时一个团体的作家,风格多少有些相近,不多叙了。

第五讲

初唐几个白话诗人

自齐、梁至陈,文学作风都是一线相传的。在隋代虽有几个政治人物想提倡古朴而没甚效果(见下章),但隋代却产生了几个白话诗人,一个是王绩,一个是王梵志。因为他们对于当代文坛并没有多大影响,所以他们的时代虽比四杰、沈、宋较前,我却要将他们排在这章来讲。

王绩的诗名在初唐固不能与四杰、沈、宋相竞,但元人杨士弘编了一部《唐音》,把他刊为"正音"第一人。王梵志则唐时几无人知道,宋时始渐有称之者。近胡适著《白话文学史》将他大大表彰一番,他才在文学史上占一地位。

王绩(约五八九至六四四),字无功,绛州龙门人,为王通之弟,性简放嗜酒。《唐书·隐逸传》本传载其有趣逸事甚多，读之令人想见其风度。他有时入仕途，却是为了美酒，性情大似陶潜，所以作风也天然似陶了。其诗之佳者为白话化的田家歌颂和山居杂兴，而小诗更有风味。

石苔应可践，丛枝幸易攀。青溪归路直，乘月夜歌还。(《夜还东溪》)

为向东溪道，人来路渐赊。山中春酒熟，何处得停家。(《山中别李处士》)

春来日渐长，醉客喜年光。稍觉池亭好，偏宜酒瓮香。(《初春》)

阮籍醒时少，陶潜醉日多。百年何足度，乘兴且长歌。(《醉后》)

浮生知几日，无状逐空名。不如多酿酒，时向竹林倾。(《独酌》)

北场芸藿罢，东皋刈黍归。相逢秋月满，更值夜萤飞。(《秋夜喜遇王处士》)

五绝在六朝时本已发达，但因为它是从《子夜》《欢闻》《阿子》《懊侬》……吴语文学变化而来，所以文人拟作，

《夜还东溪》 王绩

也不脱艳情本色,如梁武帝《子夜四时歌》《团扇歌》、陈后主《自君之出矣》。这与宋初小令体词专纪恋爱的形况相似。其后用之咏物,如《咏舞》《咏歌》《七夕穿针》《咏灯》,也大半带着艳情色彩。若说自由抒写情感,或描画自然风景,则一部六朝诗集很难寻出几个例子。至于将陶潜田园诗风趣,表现之于寥寥二十字之中,王绩还算是第一个。后来他侄孙王勃的《山扉夜坐》《春园》,都是感染他的作风而写的。而王维、裴迪的《辋川杂诗》,怕也是仿他呢。

王梵志的事迹,最早见于唐人冯翊的《桂苑丛谈》(《唐代丛书初集》),其后《太平广记》也有差不多的记载。他生于隋文帝时,相传是从林擒树的瘿里长出来的。其诗集据胡适的搜罗,共有四种本子。现引其为人所称的诗数首:

梵志翻着袜,人皆道是错。乍可刺你眼,不可隐我脚。

城外土馒头,馅草在城里。一人吃一个,莫嫌没滋味。

他人骑大马,我独跨驴子。回顾担柴汉,心下较些子。

世无百年人，强作千年调。打铁作门限，鬼见拍手笑。

这类诗用白话写成，易于通俗，所以民间流传甚盛。但思想则并不超卓，所表现的都是中国传统的乐天知命的人生观，而且还是庸俗化了的。像"他人骑大马"，后来衍为"他人骑马我骑驴"，正是使中国民族停滞不进的下劣思想。不过王梵志有几首诗，陆氏谓为"贫而乐"的作品，却也别有风味。

吾有十亩田，种在南山坡。青松四五树，绿豆两三窠。热即池中浴，凉便岸上歌。遨游自取足，谁能奈我何！

草屋足风尘，床无破毡卧。客来且唤入，地铺稿荐坐。家里元无炭，柳麻且吹火。白酒瓦钵藏，铛子两脚破。鹿脯三四条，石盐五六课。看客只宁馨，从你痛笑我。

寒山子和他的道侣丰干、拾得事迹之神秘，差不多和王梵志一样。寒山诗的后序，说他是贞观初的人。《太平广记·寒山子》一条又说他是大历中人。时代一下子由七世纪初搬到八世纪初了。近来胡适考证他为八世纪人。第一，以他的诗曾受王梵志影响，知其生于梵志之后；第二，根据《太平广记》的记载。至于丰干、拾得，胡氏认为是后人逐渐附丽上去的，其诗皆后人仿作。（《白话文学史》第二四二至二五二页）

寒山子有人说他是个道士，有人说他是和尚，但据寒山诗集看来，他的诗有"投辇从贤妇，巾车有孝儿"及"妇摇机轧轧，儿弄口呱呱"，可见他不过是个挈家隐居之士。他的思想忽儒忽佛忽道，见解也不是怎样高尚超脱，正是民众诗人本色。

> 东家一老婆，富来三五年。昔日贫于我，今笑我无钱。渠笑我在后，我笑渠在前。相笑傥不止，东边复西边。
>
> 谁家长不死，死事旧来均。始忆八尺汉，俄成一聚尘。黄泉无晓日，青草有时春。行到伤心处，松风愁杀人。

我见百十狗，个个毛鬇鬡。卧者渠自卧，行者渠自行。投之一块骨，相与啀喍争。良由为骨少，狗多分不平。

老翁娶少妇，发白妇不耐。老婆嫁少夫，面黄夫不爱。老翁娶老婆，一一无弃背。少妇嫁少夫，两两相怜态。

第六讲

开、天文学之先驱

上文已说过,自梁、陈以后至于初唐,几百年间文学是沿着一条线进行的,即所谓华靡的"六朝体"。但这条线的进行并不是直的,中间也曾绕过几个弯子,这就是复古的运动。复古的运动在梁"永明体"风行时已发生过一次,《梁书·庚肩吾传》:"……齐永明中文士王融、谢朓、沈约,文章始用四声,以为新变,至是转拘声韵,弥尚丽靡,复逾于往时,时太子与湘东王书论之曰:'……比见京师文体,懦钝殊常,竞学浮疏,争为阐缓。玄冬修夜,思所不得。既殊比兴,正背风骚。若夫《六典》《三礼》,所施则有地;吉凶嘉宾,用之则有所。未闻吟咏性情,反拟《内则》之篇;操笔写志,更摹《酒诰》之作。迟迟春日,翻学《归藏》;湛湛江水，遂同《大传》。吾既拙于为文，不敢轻有掎摭。但以当世之作，历方古之才人，远则杨、马、曹、王，近则潘、陆、颜、谢，而观其遣辞用心，了不相似。若以今文为是，则古文为非；若昔贤可称，则今体宜弃……'"

单看《梁书》的话，似乎简文帝在反对"永明体"。但细读这书的内容，则简文帝所反对者乃是"反永明体"的人。只看他又说"至如近世谢朓、沈约之诗，任昉、陆倕之笔，斯实文章之冠冕，述作之楷模"便可明白。这班"反永明体"的人，大约都是些村夫子之流，虽有革命之心，而无革命之力，甚至闹出以经典为诗文的笑话，无怪要招简文帝一场讥嘲了。其中裴子野是比较有力量的。他著《雕虫论》以诋当时文风。他自己著作也履行质朴的条件。史称其"承先世史学不尚丽靡之词，尝删沈约《宋书》为《宋略》二十卷，约见而叹曰：'吾不如也'"。简文又称其诗"了无篇什之美"，可见他作风之一二。

六世纪时，北方民族也曾有复古的运动。《北史·文苑传》："江左宫商发越，贵于清绮；河朔词义贞刚，重乎气质。"当南方文士风花雪月蜂腰鹤膝闹得起劲的时候，北方却在模拟诘屈聱牙的大诰文学，大开时代倒车。隋文帝起自北朝，也具有不喜词华的特性，统一天下后，想革除梁、陈以来弊风，代以朴素的实用文学，甚至不惜用政治力量，干涉文人思想的自由。臣下文表略涉华艳，便送法司治罪。《隋书·文学传序》称："……然时俗词藻，犹多淫丽。故宪台执法，屡飞霜简。"及观李谔论文体轻薄书，可知那时对于美文的扫荡，是如何的雷厉风行。炀帝初习艺文，颇慕梁、陈余习，有"非轻侧"之论。即位后一变其风，其《与越公书》《建东都诏》《冬至受朝诗》《拟饮马长城窟》，《隋书》称其"并存雅体，归于典制，虽意在骄淫，而词无浮荡"。杨素赠播州刺史薛道衡十四首，《北史》称其"词气颖拔，风韵秀上，为一时盛作"，可见臣下也向风了。但隋祚过短，而炀帝之提倡实用文学也不如他父亲的诚意，他后来耽于逸乐，东西游幸，所至流连声伎，大制淫艳篇章，如《春江花月夜》之类。廷臣中如作"空梁落燕泥"的薛道衡，作"庭草无人随意绿"的王胄，都是梁、陈一脉相传的文士。而且六朝以来，中更数百年，文人学士习为华靡之词，积重难返。隋初那一点改革运动，不啻片石投海，当然没有什么显明的影响。唐初四杰又大振六朝之颓波，以华丽的体裁风靡天下，原是自然的结果。

但当四杰风头正健之时,第三次反美文运动又起来了。这就是陈子昂、张九龄二人的工作。

陈子昂(六五九至七〇〇),字伯玉,梓州射洪人。武后朝登进士第,官右拾遗。他对于文艺的意见,主张"复古论",《与东方左史虬修竹篇序》云:"文章道弊五百年矣。汉、魏风骨,晋、宋莫传,然而文献有可征者。仆尝暇时,观齐、梁间诗,彩丽竞繁,而兴寄都绝,每以永叹。思古人,常恐逶迤颓靡,风雅不作,以耿耿也。……"《唐书》称:"唐兴,文章承徐、庾余风,天下祖尚,子昂始变雅正,初为《感遇诗》三十八章,王适曰:'是必为海内文宗!'乃请交。"他的《感遇诗》本是杂诗,与阮籍《咏怀》相似。其中有一己的感慨,有史迹的咏叹,有对于社会风尚的批评,有关于边事的议论。现在随意引二首:

圣人不利己,忧济在元元,黄屋非尧意,瑶台安可论。吾闻西方化,清净道弥敦,奈何穷金玉,雕刻以为尊;云构山林尽,瑶图珠翠烦,鬼工尚未可,人力安能存?夸愚适增累,矜智道逾昏。(陈子昂《感遇诗》其十九)

朝入云中郡，北望单于台。胡秦何密迩，沙朔气雄哉。藉藉天骄子，猖狂已复来。塞垣无名将，亭堠空崔嵬。咄嗟吾何叹，边人涂草莱。（陈子昂《感遇诗》其三十七）

张九龄，字子寿，韶州曲江人。七岁知属文。历官至中书侍郎，同平章事，卒谥文献。九龄在相位，有謇谔匪躬之诚，为李林甫所排斥，而不戚戚怨望，唯文史自娱。其作风与子昂相近，《感遇诗》十二首更与《感怀》一般机杼。

孤鸿海上来，池潢不敢顾。侧见双翠鸟，巢在三珠树。矫矫珍木巅，得无金丸惧。美服患人指，高明逼神恶。今我游冥冥，弋者何所慕。（张九龄《感遇诗》其四）

江南有丹橘，经冬犹绿林。岂伊地气暖，自有岁寒心。可以荐嘉客，奈何阻重深。运命唯所遇，循环不可寻。徒言桃李树，此木岂无阴？（张九龄《感遇诗》其七）

他们同派的诗人有东方虬、萧颖士等。陈子昂称虬之

《答靳博士》 张九龄

诗道："一昨于解三处见明公《咏孤桐篇》，骨气端翔，音情顿挫，光英朗练，有金石声……不图正始之音，复睹于兹。可使建安作者，相视而笑。"这可见虬之诗格颇与子昂同调。萧颖士于文章少许可，独好子昂及卢藏用、富嘉谟之文。颖士的诗，不但力追建安，还仿三百篇格式作《江有枫》《菊荣》《凉雨》《有竹》《江有归舟》，可算是个极端的复古家。

这班人虽反对齐、梁，想另创文艺空气，而他们的目的只是恢复"建安"文学而已，一切著作也就以力追建安为事，所以不能转移一代观听。要知道时代的轮子是向前进的，使它打退转，总是劳而无功。后来李白也提倡"复古"，但他旗子上写的是"复古"，实际却是"创新"，所以成功了。黄子云《野鸿诗的》："唐初伯玉……诸公独创法局，运雄伟之斤，斫衰靡之习，而使醇风再造，不愧骚雅元勋，所嫌意不加新，而词稍粗率耳。"陈子昂文学革命之失败，正坐这"意不加新"四字。不过开元、天宝（七一三至七五六）四十三年中的文学，完全脱离齐、梁古典主义的束缚，别开如火如荼的浪漫主义的生面，陈子昂、张九龄一班人的劳力是不可埋没的。

《岘佣说诗》："唐初五言古，犹沿六朝绮靡之习，唯陈子昂、张九龄，直接汉、魏，骨峻神竦，思深力遒，复古之功大矣！"沈德潜《说诗晬语》："射洪（陈）、曲江（张），起衰中立，此为胜、广云。"刘熙载《艺概》："唐初四子沿陈隋之旧，故虽才力迥绝，不免致人异议。陈射洪、张曲江独能超出一格，为李、杜开先，人文所肇，岂天运使然耶？"

第七讲

开、天间诗人与乐府新词

贞观虽称盛世，而当隋室大乱之后元气方复，文化仅见萌芽，尚未发展。到了开元、天宝休息生养差不多有一百年，才算开了烂漫的花，结了丰硕的果。所以唐代真正的黄金时代在开、天，不在贞观。

这时代的诗人可说都是幸运儿，生活在富庶的鼎盛的国家里，作品反射的只是青春的光热、生命的歌颂、自然的美丽、祖国的庄严，什么人生的悲哀、社会的痛苦，永远不会到他们心上。况且道教正在发展，做人最高的标准便是神仙。所以那时诗人的人生观都像胡适所说的，是"放纵的，爱自由的，求自然的"。这种人生观和富裕繁华、奢侈闲暇的环境结合，当然产生一种春花烂漫、虹彩缤纷的浪漫文学。

这时期的诗人,第一批是贺知章、包融、张旭、张若虚,号称为"吴中四士"。

贺知章,字季真,会稽永兴人。证圣初(六九五)登进士第。开元时为皇太子侍读。清淡风流,晚节尤放旷,遨嬉里巷,自号"四明狂客",每醉辄属辞,笔不停书,咸有可观。天宝三载(七四四)因病恍惚,乃上疏请度为道士还乡里,年八十五始卒。杜甫《饮中八仙歌》云:"知章骑马似乘船,眼花落井水底眠。"其狂可想。他的绝句尤脍炙人口,如:"少小离家老大回,乡音无改鬓毛摧。儿童相见不相识,笑问客从何处来?""离别家乡岁月多,近来人事半消磨。唯有门前镜湖水,春风不改旧时波。"(《回乡偶书》)又《咏柳》:"不知细叶谁裁出?二月春风似剪刀。"均具性灵。

张旭,苏州人,嗜酒善草书。每醉后号呼狂走,乃下笔,或以头濡墨而书,既醒自视以为神,世呼为"张颠"。他也是《饮中八仙歌》里的人物之一,所谓"张旭三杯草圣传,脱帽露顶王公前,挥毫落纸如云烟"便是他发狂时的写照。其《桃花溪》云:"隐隐飞桥隔野烟,石矶西畔问渔船。桃

《偶游主人园》 贺知章

花尽日随流水，洞在清溪何处边！"

包融，润州人（一云湖州人），诗颇自然，如《登翅头山题俨公石壁》："青为洞庭山，白是太湖水。"《送国子张主簿》："春梦随我心，悠扬逐君去。"

张若虚有《春江花月夜》，极有名，其中如"江天一色无纤尘，皎皎空中孤月轮。江畔何人初见月？江月何年初照人？人生代代无穷已，江月年年只相似。不知江月待何人，但见长江送流水"，及"玉户帘中卷不去，捣衣砧上拂还来""此时相望不相闻，愿逐月华流照君""不知乘月几人归，落月摇情满江树"。胡光炜云："《春江花月夜》，原为乐府诗，由陈后主造题，与《玉树后庭花》《堂堂》等同调。陈代歌词，可惜而今不见。现在此词可见而又最古者，是为隋炀帝所作。其词为：'暮江平不动，春花满正开。流波将月去，潮水带星来。'新奇可诵，但只有五言四句。即至张若虚作此题时，洋洋长篇，极诡丽恢奇之能事。满篇富有玄理，而毫不觉沉闷，如'江畔何人初见月？江月何年初照人？'谁能举出答案？"（《中国文学史讲稿》）

还有张九龄亦为开元诗人，已见前章。苏颋、张说、姚崇、宋璟诗名皆为功业所掩，不具论。

第二批诗人则为王昌龄、王之涣、李颀、崔颢、王湾、王翰。他们对于诗坛的贡献,第一是五七绝的提倡,第二是歌行杂体的试作。

五言绝句,六朝以来便已有了。(见第五章)至于七言绝句,有人以为沈、宋立其基础(《中国诗史》),其实此体也是古已有之。如梁简文帝《乌栖曲》、汤惠休《秋思引》、萧子显《春别》均七言四句,三句用韵,一句独否,便是七绝之先声。(引陈钟凡《中国韵文通论》)到了开元时代则作者如林,七绝才算成熟了。绝句在这时候所以发达,与音乐实有析不开的关系。王士祯以宋洪迈《唐人万首绝句》为本,另撰了一部《唐人万首绝句选》,谓绝句为有唐三百年之乐府。我们读孟启《本事诗》玄宗听唱李峤"山川满目泪沾衣"的故事;《集异记》"旗亭画壁"的故事;《松窗杂录》明皇坐沉香亭召李白作《清平调》,命李龟年歌,而自吹玉笛倚其声的故事;及天宝乱后李龟年在湘中唱王维"红豆生南国""清风明月苦相思"的故事,不能不信此说。后来的词还有绝句的遗迹,如《瑞鹧鸪》《小秦王》皆然。胡仔《苕溪渔隐丛话》:"唐初歌辞多是五言诗或七言诗,初无长短句。"王灼《碧鸡漫志》:"唐时古意亦未全丧,《竹枝》

《浪淘沙》《抛球乐》《杨柳枝》，乃诗中绝句，而定为歌曲。"

歌行杂体在开元时也划分了一个新时代。五古自陈子昂、张九龄提倡恢复建安风骨后，已由双行变为单行，开元诸子所作尤多变化。七古则四杰和沈、宋、刘希夷、张若虚所作多为宫观闺情之作，缠绵婉转虽有余，苍莽雄浑则不足，而且动作长篇，拖沓可厌。至于开元时代李白和这班诗人出来借乐府技术的训练，把七古的范围推广：赠答、送别、抒情、写景，无一不可，有丈夫见客大踏步便出之概，比以前那些扭扭捏捏的作品大异其趣，这才算完全摆脱齐、梁女性文学的余毒了。而且务为小篇幅，短峭精悍，横厉无前，沉郁顿挫，音雄节健。如李颀的《古从军行》《古意》、崔颢的《川上女》《七夕》都是。钱木庵论七古云："开元中其体渐变，然王右丞尚有通篇用偶句者，旋乾转坤，断以李、杜为歌行之祖。李、杜出而后之作者不复以骈俪为能事矣。"（《唐音审体》）这话是不大对的。我们只要把六朝、初唐和开元的歌行同读一下，便知李、杜前风气已改变了。

王昌龄，字少伯，京兆人，开元十五年（七二七）进士，补秘书郎，二十二年（七三四）中宏词科。晚节不护细行，

《观猎》 王昌龄

贬龙标尉，世乱还乡，为刺史闾丘晓所杀。其诗绪密而思清，与高适、王之涣齐名，时谓"诗天子"。所作以七绝为最多，而且最佳，宫辞尤著。其《长信秋词五首》之三云："奉帚平明金殿开，且将团扇暂徘徊。玉颜不及寒鸦色，犹带昭阳日影来！"《青楼曲》二首之一云："白马金鞍从武皇，旌旗十万宿长杨。楼头少妇鸣筝坐，遥见飞尘入建章。"《芙蓉楼送辛渐》二首之一云："寒雨连江夜入吴，平明送客楚山孤。洛阳亲友如相问，一片冰心在玉壶。"《听流人水调子》云："孤舟微月对枫林，分付鸣筝与客心。岭色千重万重雨，断弦收与泪痕深。"沈德潜说："七言绝句贵言微旨远，语浅情深，如清庙之瑟，一唱而三叹，有遗音者矣。开元之时，龙标、供奉允称神品。"又说："龙标绝句，深情幽怨，意旨微茫，令人测之无端，玩之无尽，谓之唐人《骚》语可。"（《唐诗别裁》）王士祯亦谓："七言初唐风调未谐，开元天宝诸名家无美不备；李白、王昌龄尤为擅场。"

　　王之涣，并州人，与兄之咸、之贲皆有文名。天宝间与王昌龄、崔国辅、郑昈联句迭和，名动一时。《集异记》"旗亭画壁"的故事即以之涣《凉州词》为第一。其诗云："黄河远上白云间，一片孤城万仞山。羌笛何须怨杨柳，春风不度玉门关！"又《登鹳雀楼》："白日依山尽，黄河入海流；欲穷千里目，更上一层楼。"王诗今仅存六首，其余皆散佚。

李颀，东川人，家于颍阳。开元十三年（七二五）进士，官新乡尉。殷璠《河岳英灵集》云："颀诗发调既清，修辞亦秀。杂歌咸善，玄理最长。"又称其《听董大弹胡笳弄兼寄语房给事》说："足可歔欷，震荡心神。"他长于歌行，塞下之作尤为横恣。亦善描写音乐，"弹胡笳"即为殷璠所称。尚有《听安万善吹觱篥歌》、《琴歌》、送别诗，都有特色，今录其末一首：

主人有酒欢今夕，请奏鸣琴广陵客。月照城头乌半飞，霜凄万木风入衣。铜炉华烛烛增辉，初弹《渌水》后《楚妃》。一声已动物皆静，四座无言星欲稀。清淮奉使千余里，敢告云山从此始。（《琴歌》）

崔颢，汴州人，开元十一年（七二三）进士。有俊才，累官司勋员外郎，天宝十三年（七五四）卒。他善作战争诗。《河岳英灵集》评他道："颢年少为诗，名陷轻薄，晚节忽变常体，风骨凛然，一窥塞垣，说尽戎旅。至如'杀人辽水上，走马渔阳归，错落金锁甲，蒙茸貂鼠衣'，又'春风吹浅草，猎骑何翩翩，插羽两相顾，鸣弓上新弦'，可与鲍照并驱也。"他有名的七律为《黄鹤楼》，李白见之道："眼前有景道不得，崔颢题诗在上头。"竟不更题而去。其所作七古长篇如《江畔老人愁》《邯郸宫人怨》均为叙事体，为后来元、白长篇叙事的先河。

王湾，洛阳人，先天（七一二）进士，开元初为荥阳主簿。词翰早著，其"海日生残夜，江春入旧年"之句，当时称最，张说手题于政事堂，每示文人，令为楷式。其《汴堤柳》七古一篇，词质而婉，后来白居易《隋堤柳》好像以此为蓝本。

王翰，字子羽，晋阳人，登进士第，举直言，极谏，调昌乐尉，后贬道州司马卒。其《凉州词》二首之一："葡萄美酒夜光杯，欲饮琵琶马上催。醉卧沙场君莫笑，古来征战几人回。"

还有李白、王维、孟浩然、高适、岑参、常建、祖咏、储光羲、綦毋潜，也都算开元诗人，不过他们的诗另成派别，当于下文论之。

第八讲

战争和边塞作品

战争和边塞作品,是唐代文学的特产,是唐民族势力向外发展的结果。太宗、高宗、武后,对外几十次的大用兵,暂不详述,只把玄宗的武功记几件于下:

开元二年(七一四),吐蕃将十万人寇临洮,朔方道行军总管王晙与战于武阶,斩首万七千,获马羊二十万。又战于长子,吐蕃大败,死者枕藉,洮水为之不流。

开元十年(七二二),吐蕃围攻小勃律,北庭节度使张孝嵩遣张思礼以步骑四千与小勃律王没谨忙夹击,吐蕃死者数万,获铠仗马羊无数,复九州故地。

开元十五年(七二七),河西陇右节度使王君㚟与吐蕃战青海,破其大将悉诺逻。会君㚟为盗所杀,功不成。帝乃用萧嵩为河西节度，纵反间大破吐蕃于祁连城下，吐蕃势渐衰。以后又连年征伐，十八年（七三〇）遂卑辞款附。

开元二十二年（七三四），幽州节度使张守珪大破奚契丹可突干之兵。玄宗大喜，诏有司告九庙。契丹酋屈剌及突于恐惧，乃遣使诈降。守珪得其情，使右卫骑曹王悔阴结契丹别师李过折，斩屈剌及突于，尽灭其党，传首于东都。

天宝初，东突厥诸部自相侵伐，国中大乱。三载（七四四），诏朔方节度使王忠嗣以兵乘之，破其左阿波达干十一部，独右未下。会回纥部长攻杀东突厥白眉可汗而自立为可汗，遣妻使于唐。始突厥国于后魏大统时，至是灭。地皆入于回纥。

服吐蕃，平定奚契丹，灭东突厥，是玄宗朝对外武功之荦荦大者，还有许多小武功具载《玄宗本纪》《外国列传》。唐代国威在中宗朝略见减色，现在又重行振兴了。为永久驾驭异族的缘故，玄宗又于边陲要地置安西、北庭、河西、朔方、河东、范阳、平卢、陇右、剑南、岭南十节度经略使，凡领兵四十九万，马八万余匹。

战争固然是一件不必赞许的事，但汉族与夷狄之族在事实上不能两盛，略略放任，便招周狎狁、汉匈奴、晋五胡十六国之祸。唐代武力极强，但边防偶一疏忽，那些游牧民族便蜂拥般侵了进来，他们强割你的麦子（《通鉴》：积石军每岁麦熟，吐蕃辄来获之，边人呼为吐蕃麦庄），杀戮你的人民（李白《战城南》："匈奴以杀戮为耕作，古来唯见白骨黄沙田！"《古风》第十四："白骨横千霜，嵯峨蔽榛莽。借问谁凌虐，天骄毒威武！"），掳掠你的壮丁（见元稹、白居易《新乐府·缚戎人》），截刖你的老弱（元稹《缚戎人》："少壮为俘头被髡，老弱留居足多刖。乌鸢满野尸狼藉，楼榭成灰墙突兀"）。其他如焚毁你的城邑，占据你的土地，抢劫你的财货金宝更不必细述。那些野蛮民族既如此肆毒，则非好好惩创他们一下不可。所以唐代对外用兵，实都是可赞美的民族自卫战争，而不是帝国主义对弱小民族的侵略战争了。

这种民族自卫战争，不唯有促使民族向上的力量，而且有启发文艺灵源的功效。试想那时文士每年看见几万或几十万的大军开赴边塞，其千骑水流、万乘云屯、笳鼓震天、金甲耀日的壮观，岂不使他们心雄气旺？想到东南西北均归版图，海角天涯争来入贡，各王稽首于阙下，单于系颈于辕门，以及朝会时"九天阊阖开宫殿，万国衣冠拜冕旒"

的盛况，又岂不感到一种骄傲的喜悦？那时中国民族光荣之奕赫、势力之膨胀，我们今日谈到，尚自欣羡不置，而文学家心灵亲自鼓荡于这荼火般胜利空气里，则其产生大批壮快兴奋的战争歌颂，原亦难怪。

虽然他们也感到战事的惨酷而发为非战之论，如常建的"髑髅皆是长城卒，日暮沙场飞作灰"，王翰的"醉卧沙场君莫笑，古来征战几人回"，但比较并不多见，诗人对于战争的诅咒，似乎尚不及对于战争赞美的热忱呢。杜甫的《兵车行》与中唐白居易的《新丰折臂翁》则为反对杨国忠征云南蛮而作，与防御吐蕃、突厥不同，又当别论。而且杜甫的《前后出塞》，壮烈之词尚多于悲凉之意。后来陈陶的"可怜无定河边骨，犹是深闺梦里人"，曹松的"凭君莫话封侯事，一将功成万骨枯"，以及其他征戍之苦，都是中晚以后之作，那时唐室离开这光荣时代，早已远了。

唐时诗人多从军，亲历边塞，所以作品另具一种异国情调。我们现在在唐诗中看见"回乐峰""受降城""天山""阴山""临洮""青海""瀚海""剑河""官河""轮台""疏勒""吐谷浑"种种边塞的地名；看见"黄沙""白草""雪山""关月""长云""大漠"种种沙漠的景色；看见"胡笳""觱篥""穹庐""野帐""琵琶""羌笛""胡姬""老胡""虏骑""单于""月支"种种外国的器用和人物，便知唐代民族势力向外发展与文学的关系。现在有人说唐人咏边塞多捕风捉影之谈，又有人说他们对战争无论是歌颂或诅咒，只是诗人笔下的理想，放言高论，并无实际生活的反映，所以都缺乏"深刻"，这都是没有将当时政治社会背景考查清楚的话，我们万难承认。

初唐崔融便曾从军，其作品多记关塞风景与军中情事，如《塞上寄内》《西征军行遇风》《塞垣行》《从军行》，激昂悲壮，已开高、岑先路。开、天时，王昌龄、李颀、王之涣、王维此种作品更作得高妙。昌龄有"蝉鸣空桑林"之《塞下曲》四首，《塞上曲》《从军行七首》，《代扶风主人答》《箜篌引》等。今录《从军行》七首其四：

烽火城西百尺楼，黄昏独坐海风秋。更吹羌笛关山月，无那金闺万里愁！（《从军行》其一）

琵琶起舞换新声，总是关山旧别情。撩乱边愁听不尽，高高秋月照长城。（《从军行》其二）

青海长云暗雪山，孤城遥望玉门关。黄沙百战穿

金甲,不破楼兰终不还。(《从军行》其四)

大漠风尘日色昏,红旗半卷出辕门。前军夜战洮河北,已报生擒吐谷浑。(《从军行》其五)

又《出塞》二首:

秦时明月汉时关,万里长征人未还。但使龙城飞将在,不教胡马度阴山。

骝马新跨白玉鞍,战罢沙场月色寒。城头铁鼓声犹振,匣里金刀血未干。

李颀有"黄云雁门郡"之《塞下曲》,"行人朝走马"之《古塞下曲》,"白日登山望烽火"之《古从军行》。今录其《古意》一首:

男儿事长征,少小幽燕客,赌胜马蹄下,由来轻七尺,杀人莫敢前,须如蝟毛磔。黄云陇底白云飞,未得报恩不得归。辽东小妇年十五,惯弹琵琶解歌舞;今为羌笛出塞声,使我三军泪如雨!

王之涣"黄河远上"一首已见上章,不更引。王维有《李陵咏》《陇头吟》《老将行》《燕支行》《出塞》《少年行四首》,《赠裴旻将军》《陇西行》《从军行七首》,大约都是少年时所作。今录他二十一岁时所作《燕支行》一首:

汉家天将才且雄,来时谒帝明光宫。万乘亲推双阙下,千官出饯五陵东。誓辞甲第金门里,身作长城玉塞中。卫霍才堪一骑将,朝廷不数贰师功。赵魏燕韩多劲卒,关西侠少何咆勃。报仇只是闻尝胆,饮酒不曾妨刮骨。画戟雕戈白日寒,连旗大旆黄尘没。叠鼓遥翻瀚海波,鸣笳乱动天山月。麒麟锦带佩吴钩,飒沓青骊跃紫骝。拔剑已断天骄臂,归鞍共饮月支头。汉兵大呼一当百,虏骑相看哭且愁。教战虽令赴汤火,终知上将先伐谋。

这一群诗人里我们特别要介绍两个成就更大的诗人,高适、岑参。

高适,字达夫,渤海蓨人。少年时不事生产,家贫以求丐取给。四十岁后始学为诗,数年之间,体格渐变,以气质自高，每吟一篇，已为好事者所传诵。曾为哥舒翰掌书记，后来做到淮南节度使，转剑南西川节度使，封渤海侯，永泰元年（七六五）卒。胡适说他的诗"似最得力于鲍照"。关于边塞之作如《营州歌》："营州少年厌原野，狐裘蒙茸猎城下。虏酒千钟不醉人，胡儿十岁能骑马！"最有名的却是《燕歌行》，这是开元二十六年（七三八）和出塞还客某之所作。

汉家烟尘在东北，汉将辞家破残贼。男儿本自重横行，天子非常赐颜色。拟金伐鼓下榆关，旌旆逶迤碣石间。校尉羽书飞瀚海，单于猎火照狼山。山川萧条极边土，胡骑凭陵杂风雨。战士军前半死生，美人帐下犹歌舞。大漠穷秋塞草腓，孤城落日斗兵稀。身当恩遇恒轻敌，力尽关山未解围。铁衣远戍辛勤久，玉箸应啼别离后。少妇城南欲断肠，征人蓟北空回首。边庭飘飖那可度，绝域苍茫更何有？杀气三时作阵云，寒声一夜传刁斗。相看白刃血纷纷，死节从来岂顾勋。君不见沙场征战苦，至今犹忆李将军！

《听张立本女吟》 高适

岑参，南阳人。少孤贫，好学，登天宝三年（七四四）进士第，官至嘉州刺史。后死于蜀中，约当七六九年左右。或论其诗"辞意清切，迥拔孤秀，多出佳境。每一篇出，人竞传写，比之吴均、何逊"；殷璠称其"语奇体峻，意亦造奇，至如'长风吹白茅，野火烧枯桑'可谓逸才。又'山风吹空林，飒飒如有人'宜称幽致也"；又有人称其"缛""丽"。其实岑参的诗固然有些足当上面这些批评，他的真正的价值却完全不在此。

上文已说过，诗到开元、天宝才将齐、梁结习完全推倒，文学由女性一变而为男性，岑参在同时一群诗人中可以说是更能充分表现男性的一个。他有一种热烈豪迈的性格和瑰奇雄怪的思想，最爱欣赏宇宙间的"壮美"，以及人间一切可惊、可怖、可喜、可乐的事物。而环境恰恰又成全了他。十一余年间驰驱戎幕，经历边塞，所见所闻，都非常人臆想能及。像那峥嵘的火山，翻腾的热海，阑干百丈的瀚海坚冰，千峰万岭银光皑皑的大雪，九月怒吼驱山走石的狂风，以至于悲壮的胡笳，豪宕的蛮舞，草头一点疾如飞的骏马，二百万浩浩荡荡的大行军……都不是那脚迹不出乡里的文人所能做得出的。即说与他同处此境，但没有他那

《题僧读经堂》 岑参

样雄肆的天才，也不能描写得如此之好。古人常以高、岑并论，叶燮《原诗》甚谓高优于岑，《沧浪诗话》有"高达夫派"以高括岑，实则岑胜高远甚。

君不见，走马川行雪海边，平沙莽莽黄入天。轮台九月风夜吼，一川碎石大如斗，随风满地石乱走。匈奴草黄马正肥，金山西见烟尘飞，汉家大将西出师。将军金甲夜不脱，半夜军行戈相拨，风头如刀面如割。马毛带雪汗气蒸，五花连钱旋作冰，幕中草檄砚水凝。虏骑闻之应胆慑，料知短兵不敢接，车师西门伫献捷。（《走马川行奉送封大夫出师西征》）

轮台城头夜吹角，轮台城北旄头落。羽书昨夜过渠黎，单于已在金山西。戍楼西望烟尘黑，汉兵屯在轮台北。上将拥旄西出征，平明吹笛大军行。四边伐鼓雪海涌，三军大呼阴山动。虏塞兵气连云屯，战场白骨缠草根。剑河风急雪片阔，沙口石冻马蹄脱。亚相勤王甘苦辛，誓将报主静边尘。古来青史谁不见，今见功名胜古人。（《轮台歌奉送封大夫出师西征》）

又关于边地风土之异,有《热海行送崔侍御还京》:"侧闻阴山胡儿语,西头热海水如煮。海上众鸟不敢飞,中有鲤鱼长且肥。岸旁青草常不歇,空中白雪遥旋灭。蒸沙烁石燃虏云,沸浪炎波煎汉月……"《经火山》:"火山今始见,突兀蒲昌东。赤焰烧虏云,炎氛蒸塞空。不知阴阳炭,何独然此中?……"又《火山云歌送别》:"火山突兀赤亭口,火山五月火云厚。火云满山凝未开,飞鸟千里不敢来……"《优钵罗花歌》:"白山南,赤山北。其间有花人不识,绿茎碧叶好颜色。叶六瓣,花九房,夜掩朝开多异香……"(此歌有自序,谓花名出佛经,来自天山之南,"其状异于众草,势崇岽如冠弁,巍然上耸,生不傍引,攒花中折,骈叶外包,异香腾风,秀色媚景"云云)《许彦周诗话》称岑"尝从封常清军,其记西域异事甚多,如《优钵罗花歌》《热海行》,古今传记所不载者也",这话就是今人所谓的异国情调。

第九讲

隐逸风气和自然的歌唱

唐时浪漫文学代表"变动"的、"雄壮"的、"浓烈"的一派是战争文学,代表"恬静"的、"温柔"的、"淡远"的一派是歌唱自然的文学。关于后者的发展,胡适曾指出两个背景:一则五世纪以下老庄的自然主义的思想已和外来的佛教思想混合,士大夫往往轻视世务,寄意于人事之外,虽不能出家,往往自命超出尘世,于是在文学方面有"山水"一派出现;二则唐时重视隐逸,聪明的人便不去应科第,却去隐居山林做个隐士,隐士的名气大了,自然有州郡的推荐,朝廷的征辟。既有这样背景,思想所趋,社会所重,自然产生这种隐逸的文学,歌颂田园的生活,赞美山水的可爱,鼓吹那乐天安命适性自然的人生观。(《白话文学史》第十三章）这话都是不错的。但为什么隐逸者在唐代成了特殊的高贵阶级，照我看也有它本身的时代社会背景。这背景便是道教之升为唐朝皇家正教。历代君主都尊重隐逸，而唐代隐逸者有许多是精于修炼术的高寿道士，我们便可明白此中消息。

王远知隐茅山，师事陶弘景，传其道法。常见陈后主及隋炀帝。太宗为秦王时，远知即许其为"太平天子"，卒时寿一百二十六。

潘师正师事王远知，尽得道门隐诀及符箓，隐嵩山二十余年，但服松叶及水。高宗幸东都，召与语，甚尊敬之。永淳元年（六八二）卒，寿九十八。

司马承祯亦潘师正弟子，传其符箓及辟谷导引服饵之术，隐天台山，睿宗时召见一次。开元时玄宗遣使迎入京，亲受法箓。十五年（七二七）又诏于王屋山，自选形胜置坛室以居。卒年八十九。

王希夷隐嵩山，师事道士黄颐四十年，尽传其闭气导引之术。常饵松柏叶及杂花，年七十余气力益壮。玄宗东巡召至驾前，时寿已九十六。

吴筠本儒士，进士不第，乃入嵩山为道士，常与越中文士为诗酒之会，所著歌篇传于京师，玄宗召令待诏翰林。后以忤高力士，求放还山。

以上都见于《唐书·隐逸传》。帝王这样看重道士，实因自以为身为老子之后，与道士有兄弟之谊。再凡为帝王无不慕长生，尊礼道士是想请他们为他炼不死药。《刘道合传》说，高宗召道合入宫合还丹，丹成献之而道合卒，尸如蝉蜕，帝闻恨道："为我合丹，自服仙去！"就是一个证据。

唐代道士与俗人原无多少分别，道士一样可以应贡举，一样可以做官（中宗以方士郑普思为秘书监，叶静能为国子祭酒；玄宗以吴筠为翰林待诏，皆道士做官之例）。像那被目为"随驾隐士"又为司马承祯所笑的卢藏用，武后时为左拾遗。姚元崇奏为管记，还为济阳令。神龙中累擢中书舍人，吏部黄门侍郎，修文馆学士，官做得很大。但他以前却是个举进士不第，隐居终南少室学练气辟谷，善著龟九宫术与琴弈的人物。道士、隐士、清客、诗人——《全唐诗》有其著作——混合而为一体，无怪他在那时社会里能够飞黄腾达了！

隐逸既成为社会的风气，那不想做官或功成名就的，也都以隐居为时髦了。八世纪后的文士诗人大都在山中隐居

一度或数度,这里可以随便举几个著名诗人为例:

(李白)与逸人东严子隐于岷山之阳,白巢居数年,不迹城市。养奇禽千计,呼皆就掌取食,了无惊猜。广汉太守闻而异之,诣庐亲睹,因举二人以有道,并不起。(李白《上安州裴长史书》)后与孔巢父等隐山东徂徕山,又与道士吴筠隐剡中。晚卧庐山,有结庐五老峰之志。(《唐书》本传与《庐山志》)

(李白)与孔巢父、韩准、裴政、张叔明、陶沔居徂徕山,日沈饮,号"竹溪六逸"。(《唐书·李白传》)

孟浩然隐鹿门山,年四十乃游京师。(《唐书》本传)又尝隐终南山,其"不才明主弃,多病故人疏",即《归终南山》诗中语。(本集)

储光羲隐终南山,有《终南幽居献苏侍郎三首时拜太祝未上》"灵阶曝仙书,深室炼金英"及"卜筑青岩里,云萝四垂阴"之句。(本集)

顾况晚隐茅山,自号"华阳真隐"。

孟郊少隐嵩山,集中《石淙》十首即咏嵩山之胜。(本传及本集)

卢仝隐少室山,自号玉川子。(《唐书》本传)

李商隐少时学道王屋山,《李肱所遗画松诗书两纸得四十韵》:"忆昔谢四骑,学仙玉阳东。"(本集)

皮日休隐鹿门山,著有《鹿门隐书》。(本集)

诗人山居的动机,或者为了便于修炼——当时文士多少与丹箓发生一点关系——或者为了便于读书,但他们既多与自然接触,对自然更易欣赏和了解。建安以来的宫廷都市文学到了这时变为山林田园文学,其关键在此。

王维(七〇一至七六一),字摩诘,河东人。开元九年(七二一)进士。他是一个书画家,又是个音乐家,尝为太乐丞,历官右拾遗。安禄山之乱,被陷长安,乱定后从贼诸官皆治罪,他以"凝碧池头"一诗得免。转尚书右丞。晚得宋之问蓝田别墅在辋口,辋水周绕舍下,有竹洲花坞诸胜。与道友裴迪泛舟往来,弹琴赋诗,啸咏终日。性好佛,妻死三十年不娶,长斋禅诵。一日忽索笔作书别亲友,舍笔而逝。

> 言入黄花川,每逐清溪水。随山将万转,趣途无百里。声喧乱石中,色静深松里。漾漾泛菱荇,澄澄映葭苇。我心素已闲,清川澹如此。请留磐石上,垂钓将已矣。(《青溪》)

《竹里馆》 王维

斜阳照墟落,穷巷牛羊归。野老念牧童,倚杖候荆扉。雉雊麦苗秀,蚕眠桑叶稀。田夫荷锄至,相见语依依。即此羡闲逸,怅然吟式微。(《渭川田家》)

这两首一代表王维的山水诗,一代表田园诗。但他最好的作品,是那些小诗。《旧唐书》说他"尝聚其田园所为诗,号《辋川集》"。共有五绝二十首,今选录六首。

空山不见人,但闻人语响。返景入深林,复照青苔上。(《鹿柴》)

秋山敛余照,飞鸟逐前侣。彩翠时分明,夕岚无处所。(《木兰柴》)

飒飒秋雨中,浅浅石溜泻。跳波自相溅,白鹭惊复下。(《栾家濑》)

北垞湖水北,杂树映朱阑。逶迤南川水,明灭青林端。(《北垞》)

木末芙蓉花,山中发红萼。涧户寂无人,纷纷开且落。(《辛夷坞》)

独坐幽篁里,弹琴复长啸。深林人不知,明月来相照。(《竹里馆》)

还有"渡头余落日，墟里上孤烟""行到水穷处，坐看云起时""红豆生南国，春来发几枝""轻阴阁小雨，深院昼慵开"各名作，不及备引。他本是一个画家，所以能以恬静而鲜明的笔调摄取自然真相，苏轼说"味摩诘之诗，诗中有画；观摩诘之画，画中有诗"。而且他的小诗善能捉住一瞬间的印象而清澈生动地表现出来，如上引《鹿柴》《木兰柴》《北垞》，写光线变动与西洋画之印象主义相似。我们竟可以说他是中国诗里的印象派。

但以他的诗与画理并论，还是"浅而言之"的话，其实已通乎禅理了。宋严羽常以禅喻诗，清王士禛主"神韵说"，常以王、孟一派诗为证。《师友诗传续录》："问：右丞《鹿柴》《木兰柴》诸绝，自极淡远，不知移向他题亦可用否？答：摩诘诗如参曹洞禅，不犯正位，须参活句，然钝根人学渠不得。"又"严沧浪以禅喻诗，余深契其说，而五言尤为近之，如王、裴辋川绝句，字字入禅。"士禛又称李白为诗仙，而称王维为诗佛，或称其语为佛语与祖师语。

孟浩然（六八九至七四〇），字浩然，襄州襄阳人。四十游京师，与张九龄、王维交游相得。维尝私邀入内署。玄宗至，浩然匿床下，帝召出，使诵所作，至"不才明主弃"，帝曰："卿不求仕，而朕未尝弃卿，奈何诬我？"又尝以醉爽韩朝宗之约，不得荐。张九龄辟置荆州府幕僚，开元末病卒，寿五十一。

　　山寺钟鸣昼已昏，渔梁渡头争渡喧。人随沙岸向江村，余亦乘舟归鹿门。鹿门月照开烟树，忽到庞公栖隐处。岩扉松径长寂寥，唯有幽人自来去。(《夜归鹿门山歌》)

　　出谷未停午，到家日已曛。回瞻下山路，但见牛羊群。樵子暗相失，草虫寒不闻。衡门犹未掩，伫立望夫君。(《游精思观回王白云在后》)

　　春眠不觉晓，处处闻啼鸟。夜来风雨声，花落知多少。(《春晓》)

　　移舟泊烟渚，日暮客愁新。野旷天低树，江清月近人。(《宿建德江》)

还有许多写田园风味的作品，如"左右林野旷，不闻朝市喧""耕钓方自逸，壶觞趣不空""绿树村边合，青山郭外斜"。他与王维齐名，世称王、孟。但王诗之特点

《春晓》 孟浩然

第九讲 ｜隐逸风气和自然的歌唱

在"静",孟诗之特点在"淡"。施闰章说:"襄阳五言律绝,清空自然,淡然有余。"沈德潜说:"襄阳诗从静悟得之,故语淡而味终不薄。"《师友诗传续录》刘大勤说:"王、孟诗假天籁为宫商,寄至味于平淡,格调谐畅,意兴自然,真有无迹可寻之妙……"但亦有嫌他过淡者,如叶燮《原诗》:"孟浩然诸体似淡远,然无缥缈幽深思致,如画家写意,墨气俱无。"他不像王维之曾做官,及曾在繁华都市里混过多年,他四十岁以前是一个农夫,后来不过做几时幕客,所以他的诗与王维相较,有清瘦与丰腴之别。故苏轼称其"韵高而才短,如造内法酒手而无材料";《岘佣说诗》称其为"山泽之癯";王士祯称其有"寒俭态"。

储光羲,兖州人,开元中进士,又诏中书试文章,历监察御史。安禄山乱,坐陷贼,贬官冯翊,卒。有《正论》十五卷,诗集编入《全唐诗》者四卷,全集共七十卷。他是较王、孟尤为著名的田园诗人,因为王、孟乃小地主,于农夫生活究竟有些微隔膜,储则未仕前曾亲自耕作,所以谈及田园尤亲切有味。他的《田家即事》、《同王十三维偶然作》十首、《田家杂兴》八首、《田家即事答崔二东皋作》四首,都是纯粹的农民文学。今引其《田家杂兴》最后一首:

种桑百余树，种黍三十亩。衣食既有余，时时会亲友。夏来菰米饭，秋至菊花酒。孺人喜逢迎，稚子解趋走。日暮闲园里，团团荫榆柳。酣酊乘夜归，凉风吹户牖。清浅望河汉，低昂看北斗。数瓮犹未开，明朝能饮否？

常建，开元中进士，大历中为盱眙尉。殷璠《河岳英灵集》选唐诗家二十八人，而以建为首。评道："建诗似初发通庄，却寻野径，百里之外，方归大道，所以其旨远，其兴僻，佳句辄来，唯论意表。至如'松际露微月，清光犹为君'，又'山光悦鸟性，潭影空人心'，此例十数句，并可称警策。"他也善作战争诗，如"百战苦不归，刀头怨明月。塞云随阵落，寒日傍城没"，为殷璠所称。但他的诗究竟是"静"的一派。写自然景物尤为明丽隽秀，像"踟蹰金霞白，波上日初丽。烟虹落镜中，树木生天际"（《湖中晚霁》）真是画工之笔。但我尤爱其《江上琴兴》：

江上调玉琴，一弦清一心。泠泠七弦遍，万木澄幽阴。能使江月白，又令江水深。始知梧桐枝，可以徽黄金。

《三日寻李九庄》 常建

祖咏,洛阳人,开元十二年(七二四)进士,与王维友善,尝于有司试赋《终南望余雪》,咏赋"终南阴岭秀,积雪浮云端。林表明霁色,城中增暮寒"四句即交卷。或诘之,曰:"意尽。"他的"细烟生水上,圆月在舟中""风帘摇烛影,秋雨带虫声",写景都甚幽隽。

綦毋潜,字孝通,荆南人。开元十四年(七二六)进士。官至右拾遗,终著作郎。其《春泛若耶溪》"幽意无断绝,此去随所偶。晚风吹行舟,花路入溪口。……潭烟飞溶溶,林月低向后。生事且弥漫,愿为持竿叟",又《过融上人兰若》"山头禅室挂僧衣,窗外无人溪鸟飞。黄昏半在下山路,却听钟声连翠微",殊觉清绝。

还有王维的"辋川派诗人"裴迪、维弟缙。裴迪,关中人。天宝后官至蜀州刺史,其《和王辋川集》二十首,《华子岗》:"日落松风起,还家草露晞。云光侵履迹,山翠拂人衣。"《金屑泉》:"萦渟澹不流,金碧如可拾。迎晨含素华,独往事朝汲。"

王缙,字夏卿,与兄维早以文翰著称,官至太子宾客。《别辋川别业》之"山月晓仍在,林风凉不绝",其风致与其兄相似。

第十讲

浪漫文学主力作家李白

开、天浪漫文学与作家,已如前数章之所介绍,现在我要叙述一个声名最显著的、与杜甫并称唐诗坛权威的诗人——李白。他是集开、天浪漫文学之大成的一位诗人,又是浪漫文学最光荣的一位压阵大将。他与开、天那群诗人相比,好像是突出万山间的高峰,容纳百川的大海,灿烂列宿间的一片寒光皎洁的明月,云蒸霞蔚的东方的一轮金芒四射的太阳。开、天时代若没有李白,浪漫文学决不能呈现那样空前的光彩,决不能与杜甫所领导的写实时代相抗衡,所以我们应当喊他为浪漫派主力作家。

李白(七〇一至七六二),字太白,其籍贯异说纷纭,或说陇西,或说金陵,或说山东,或说蜀。但他既屡次自

《示家人》 李白

命为"陇西布衣"(《与韩荆州书》与《赠张相镐》诗),我们就定他为陇西人,也无不可。少颖慧,五岁诵六甲,十岁通诗书,长隐岷山,刺史苏颋见而异之,道:"是子天才英特,少益以学,可比相如。"但他喜纵横术,击剑为任侠,轻财重施,或访道四方,以炼丹求仙为事,他四十岁以前的生活不过如此。

天宝初,南入会稽,与道士吴筠友善。筠被召,荐之于朝,见明皇于金銮殿,论当世事,奏颂一篇。御手为之调羹,与筠俱待诏翰林。帝一日坐沉香亭,意有所感,欲得白为乐章,召入。而白已醉,右左以水颒面稍解,援笔成文,婉丽精切。尝沉醉殿上,引脚命高力士脱靴。力士素贵,耻之。以言激怒杨贵妃,帝欲官白,妃辄阻止。白自知不为亲近所容,益傲放不自修,与贺知章、李适之、汝阳王琎、崔宗之、苏晋、张旭、焦遂为"饮酒八仙人",终日纵饮。在京二年余,求放还山。出京后又开始他的浪游生活,尝与崔宗之自采石至金陵,着宫锦袍坐船中,旁若无人,脚迹遍于广陵、秦淮、金陵、宣城等处。

他五十四岁前的生活就这样痛饮狂歌游山玩水地混过,以后便是他坎坷困厄的时代了。安禄山之乱,他转徙于宿松、匡庐间，永王璘为江淮兵马都督，辟为府僚。璘起兵失败，他坐罪长流夜郎，至半途遇赦得还。后依其族叔李阳冰于当涂县，宝应元年（七六二）得疾卒，寿六十一岁。关于他的死，另有一种大醉后入水捉月溺死于牛渚矶的传说。以他这样一个绝代的浪漫诗人，我们原希望他有这样一个富于诗意的结局，但考李阳冰替他做的诗集序，说他病亟时曾于枕上作书，以作序相托。李华的《故翰林学士李君墓志》也曾说"年六十有二不偶，赋临终歌而卒"。（临终歌现不载集中）可见我们的诗人是明明白白病死的，那个"捉月"的传说虽然美丽，我们只好割爱了。

我们现在要谈他的作品。胡适说李白集乐府之大成（《白话文学史》)，这话我们极承认。前面说过陈子昂在开、天前便打起文学革命的旗帜，但并未成功。李白是一个有意识的文学革命者，也是反对梁、陈，主张复古的一个人。他曾说："梁陈以来，艳薄斯极，沈休文又尚以声律。将复古道，非我而谁欤？"《古风》五十九首开头便说：

大雅久不作，吾衰竟谁陈？……自从建安来，绮

丽不足珍……我志在删述，垂辉映千春。希圣如有立，绝笔于获麟！（《古风》其一）

孔子删述《诗》《书》，名为维系周文化，其实是创造新文化，可算文化史上一件大事。李白也想以解放的乐府起八代之衰，上继风雅，为文学史创造一个新局面，故以删述自比。你看他以诗界孔子自命，野心是怎样的大！

他的革命的工作，破坏方面是将齐、梁以来的加于诗歌的镣铐——声律——一举打得粉碎。他的诗现存一千余篇，但五律仅有七十余首，七律仅有十二首（根据赵翼的统计），占不到全诗的十分之一。赵翼说他"才气豪迈，全以神运，自不屑束缚于格律对偶，与雕绘者争长"。其实他既鄙薄齐、梁，自然不屑去模拟齐、梁诗体，不然岂不与自己主张抵触吗？

他的革命工作的建设方面，则极力做解放的乐府。他的乐府的题目都沿用古题，如《公无渡河》《上留田行》《野田黄雀行》《雉朝飞》《乌夜啼》《门有车马客行》《君子有所思行》都是，但内容形式是崭新的，有创造性的，富有新生命的，与建安前的乐府大不相同，不但用旧瓶装新酒，还将学步的婴孩哺育成为大人了。他的乐府据杨齐贤、萧士赟《分类补注李太白诗卷》所录，共有一百十九篇，所用题目都是王僧虔《伎录》、吴兢《乐府古题要解》上所有的，但他其余作品除五七律绝外，长短歌咏体裁也与他的乐府相似。可见他在解放乐府上所得的技巧竟无往而不利。两汉以来民歌的技术、意境，到他才充分利用了。与他同时的诗人王、孟、岑、高、二王、崔、李未尝不努力创造新的乐府，但他们缺乏自觉的文学革命意识，所以不如他成功得伟大。李阳冰引卢黄门的话说道："陈拾遗横制颓波，天下质文，翕然一变，至今朝诗体尚有梁、陈宫掖之风，至公大变，扫地并尽。"可见当时人便许他为陈子昂后诗界革命成功的英雄了！

他的诗不唯集汉魏乐府之大成功，而且也集开、天浪漫文学的大成。有人说他的诗兼王维、岑参两派（悲壮与淡远）之长（《中国诗史》），其实他的诗不但兼两派之长，而且还有为他们所无的格调意境。总而言之，他有他自己的特色。

作品是时代的反映，同时也是人格的反映，没有开、天时代，产不出李白和同时诗人的浪漫诗歌，没有李白的个性，也不能形成他作品的特色。我们不忘记"时势造英雄"的话，更不要忘记"英雄造时势"的话。

现在我们来检查李白的性格：

他的性格的第一点是"侠"。本传既说他少年时喜纵横术，击剑为游侠。他的故人魏颢又说他"尝手刃数人"。《与韩荆州书》"十五好剑术，遍干诸侯"，《上安州裴长史书》"东游维扬，不逾一年，散金三十余万，有落魄公子，悉皆济之"。他平生所佩服的古人为鲁仲连、侯生、战国四公子、燕昭王、郦食其、张良、剧孟、东方朔、王猛，都可说是侠字号的人物。他既好纵横术，所以也喜谈功名，目的并非升官发财，不过想学那"高揖七州外，拂衣五湖里"或"功成不受爵，长揖归田庐"的飘然而来又飘然而去，见首不见尾的神龙而已，因为这是侠客最高的标准。

他的性格的第二特点是"仙"。这是他主要的思想，比"侠"还重要。唐代文人多少带点丹箓派的迷信，而李白更甚。他曾炼过大丹，曾受过道箓，曾遍游名山访求道侣。肉体虽寄居红尘之中，精神却飞驰于天上。魏颢说他求仙不过为了"消壮心，遣暇日"，好像功名上受了挫折才借此自慰似的。其实读《李白全集》，才知道此话不然。李白一生以成仙为第一目的,功名为第二目的。成仙失望,而后才去谈功名,功名又失望,便颓废了。

他既具有亦侠亦仙的性格,所以作品特色:

第一是意气的豪迈,这也与侠的性格有关。他好取雄伟宏丽、开合动荡,富于刺激性的题材,以壮浪纵恣摆去拘束的笔写了。譬如他写山水和自然界现象:

> 西岳峥嵘何壮哉!黄河如丝天际来。黄河万里触山动,盘涡毂转秦地雷……巨灵咆哮擘两山,洪波喷箭射东海!三峰却立如欲摧,翠崖丹谷高掌开。白帝精金运元气,石作莲花云作台。(《西岳云台歌送丹丘子》)

> 庐山秀出南斗傍,屏风九叠云锦张,影落明湖青黛光。金阙前开二峰长,银河倒挂三石梁。香炉瀑布遥相望,回崖沓嶂凌苍苍。翠影红霞映朝日,鸟飞不到吴天长!登高壮观天地间,大江茫茫去不还。黄云万里动风色,白波九道流雪山!(《庐山谣寄卢侍御虚舟》)

> 我思仙人乃在碧海之东隅!海寒多天风,白波连山倒蓬壶!长鲸喷涌不可涉,抚心茫茫泪如珠。(《古有所思》)

《峨眉山月歌》 李白

一风三日吹倒山，白浪高于瓦官阁！(《横江词》)

日月照之，何不及此，惟有北风号怒天上来！燕山雪花大如席，片片吹落轩辕台！(《北风行》)

明月出天山，苍茫云海间。长风几万里，吹度玉门关。(《关山月》)

他写战事：

北落明星动光彩，南征猛将如云雷。手中电曳倚天剑，直斩长鲸海水开！我见楼船壮心目，颇似龙骧下三蜀。扬兵习战张虎旗，江中白浪如银屋！(《司马将军歌》)

流星白羽腰间插，剑花秋莲光出匣。天兵照雪下玉关，虏箭如沙射金甲！(《胡无人》)

洗兵条支海上波，放马天山雪中草。……匈奴以杀戮为耕作，古来惟见白骨黄沙田。(《战城南》)

烽火动沙漠，连照甘泉云！汉皇按剑起，还召李将军。兵气天上合，鼓声陇底闻。横行负勇气，一战净妖氛！(《塞下曲》其六)

他写游侠：

> 杀人如剪草，剧孟同游遨。（《白马篇》）
> 笑尽一杯酒，杀人都市中。（《结客少年场行》）
> 赵客缦胡缨，吴钩霜雪明。银鞍照白马，飒沓如流星。十步杀一人，千里不留行！（《侠客行》）

他醉后的大言：

> 我且为君槌碎黄鹤楼，君亦为吾倒却鹦鹉洲！（《江夏赠韦南陵冰》）
> 兴酣落笔摇五岳，诗成笑傲凌沧洲。（《江上吟》）
> 俱怀逸兴壮思飞，欲上青天揽明月！（《宣州谢朓楼饯别校书叔云》）
> 划却君山好，平铺湘水流！（《陪侍郎叔游洞庭醉后三首》其三）

第二是诗思的飘逸。杜甫赠他诗云："白也诗无敌，飘然思不群。"黄庭坚道："余评李白诗，如黄帝张乐于洞庭之野，无首无尾，不主故常，非墨工鞣人所可拟议。"(《题李白诗草后》)严羽："子美不能为太白之飘逸。"(《沧浪诗话》)《臞翁诗评》："李太白如刘安鸡犬，遗响白云，核其归存，恍无定处。"《说诗晬语》："太白想落天外，局自变生，大江无风，涛浪自涌，白云舒卷，从风变灭。此殆天授，非人力也。"读了李白的诗，大约都会有这样感想。

> 昔我游齐都，登华不注峰。兹山何峻秀，绿翠如芙蓉。萧飒古仙人，了知是赤松。借予一白鹿，自挟两青龙。含笑凌倒景，欣然愿相从。(《古风》)
>
> 我有万古宅，嵩阳玉女峰。长留一片月，挂在东溪松。尔去掇仙草，菖蒲花紫茸。岁晚或相访，青天骑白龙。(《送杨山人归嵩山》)
>
> 白日何短短，百年苦易满。苍穹浩茫茫，万劫太极长。麻姑垂两鬓，一半已成霜。天公见玉女，大笑亿千场。吾欲揽六龙，回车挂扶桑。北斗酌美酒，劝龙各一觞。富贵非所愿，与人驻颜光。(《短歌行》)
>
> 鼎湖流水清且闲，轩辕去时有弓剑，古人传道留其间。后宫婵娟多花颜，乘鸾飞烟亦不还，骑龙攀天

造天关。造天关，闻天语，长云河车载玉女。载玉女，过紫皇，紫皇乃赐白兔所捣之药方，后天而老凋三光。下视瑶池见王母，蛾眉萧飒如秋霜。(《飞龙引》)

列缺霹雳，丘峦崩摧，洞天石扉，訇然中开，青冥浩荡不见底，日月照耀金银台。霓为衣兮风为马，云之君兮纷纷而来下，虎鼓瑟兮鸾回车，仙之人兮列如麻！(《梦游天姥吟留别》)

第三是思想的颓废。大凡天才的生活力往往胜寻常人十倍百倍。生活力既强，求生的志愿也愈强，常想超越过有限的平凡的存在，去求无限的超越的发展。况且世界的缺陷，幸福的空虚，人类生命的短促，聪明人更容易感觉到。宗教是告诉人弥补这些的，所以聪明人容易倾向宗教。李白对于生死问题，常有"逝川与流光，飘忽不相待。春容舍我去，秋发已衰改。人生非寒松，年貌岂长在""在世复几时，倏如飘风度""华鬓不耐秋，飒然成衰蓬！古来贤圣人，一一谁成功"的感想，所以热心于求仙。谁知费了无限苦心、无限精力，金丹未成，白发却已种种。于是他觉悟了、灰心了，只好想法另外去寻他的生活了。他的《对酒行》是自述心理转变的一首诗：

> 松子栖金华，安期入蓬海。此人古之仙，羽化竟何在？浮生速流电，倏忽变光彩！天地无凋换，容颜有迁改。对酒不肯饮，含情欲谁待？

萧士赟说："此诗其太白知非之作乎？"很对。他《拟古十二首》有云："长绳难系日，自古共悲辛。黄金高北斗，不惜买阳春……仙人殊恍惚，未若醉中真！"又《春日醉起言志》："处世若大梦，胡为劳其生？所以终日醉，颓然卧前楹！"《月下独酌》四首其四"蟹螯即金液，糟丘是蓬莱。且须饮美酒，乘月醉高台"都表示他对成仙的失望和逃于酒中的原因。

从梦想的仙乡一跤跌入醉乡，这一跌是非同小可的。更加功名屡次失望，愈加灰心，甚至反动起来，讲究现世的享受，否认道德的存在，成了一个极端的颓废诗人了。你看他饮酒时怎样？

> 鸬鹚杓，鹦鹉杯，百年三万六千日，一日须倾

三百杯！遥看汉水鸭头绿，恰似葡萄初酦醅。此江若变作春酒，垒曲便筑糟丘台。……清风朗月不用一钱买，玉山自倒非人推。舒州杓，力士铛，李白与尔同死生！(《襄阳歌》)

钟鼓馔玉不足贵，但愿长醉不复醒。古来圣贤皆寂寞，惟有饮者留其名。……五花马，千金裘，呼儿将出换美酒，与尔同销万古愁！(《将进酒》)

天若不爱酒，酒星不在天；地若不爱酒，地应无酒泉；天地既爱酒，爱酒不愧天。已闻清比圣，复道浊如贤，贤圣既已饮，何必求神仙？三杯通大道，一斗合自然。但得酒中趣，勿为醒者传。(《月下独酌》)

两人对酌山花开，一杯一杯复一杯。我醉欲眠卿且去，明朝有意抱琴来！(《山中与幽人对酌》)

对酒不觉暝，落花盈我衣。醉起步溪月，鸟还人亦稀。(《自遣》)

还有《笑歌行》《悲歌行》两首长歌，有"赵有豫让楚屈平，卖身买得千年名。巢由洗耳有何益？夷齐饿死终无成！君爱身后名，我爱眼前酒，饮酒眼前乐，虚名何处有？"等语。苏轼因其思想过于出轨，断为伪作。其实这也不过是"古来圣贤皆寂寞"的发挥，正是他颓废的本色，如何能说是伪作呢？

自从刘伶、陶潜以来，对于"酒的赞颂"，是没有人能比李白这样多而且好的；自杨、朱以来，厌世享乐的思想，没有人比李白这样发挥得淋漓尽致的。他是一个极端的个人主义者，一个浪漫诗人，同时是一个颓废文学的大师。

崔、李、二王的光荣止限于开、天时代，王维、储光羲、高适、岑参虽天宝乱后犹存，而创作力都没有以前的活跃。唯有李白的作品很多作于天宝之后，并且依然保持着他的神仙、豪侠、颓废的浪漫的色彩，这虽然是他的短处（见下章），但也因为这缘故，他才能替盛唐四十余年灿烂庄严的浪漫文学挣得一个最光荣的收局！

第十一讲

写实主义开山大师杜甫

一种思想成了定型,便不能随着时代进步;文学是思想的表现,所以文学经过一度的成熟,也就不易改变。安禄山之乱好像一声晴天霹雳,把开元、天宝的歌舞升平局面,一下打得粉碎。文学家是时代的喉舌,照理,他们这时候应当严肃地沉痛地喊出时代的痛苦,把以前的浪漫思想一概收束起来才对。但奇怪的是我们读那时几个诗人的作品,很不容易发现这次大乱的痕迹,王维有一首"凝碧池头",却还不曾收入集中;岑参有扈从凤翔的《行军诗》二首,说的话也不大痛切。李白天宝乱后作品比较多,如《猛虎行》《赠从孙义兴宰铭》《狱中上崔相涣》《赠张相镐》以及《流夜郎》诸作,少说也有三四十篇,可是他除了说几句"共工赫怒，天维中摧，鲲鲸喷荡，扬涛起雷"的抽象话，或"洛阳三月飞胡沙，洛阳城中人怨嗟。天津流水波赤血，白骨相撑如乱麻"不关痛痒的描写以外，反而充分发挥他的策士习气，像《猛虎行》："萧、曹曾作沛中吏，攀龙附凤当有时。"《永王东巡歌》："但用东山谢安石，为君谈笑静胡沙。"居然想乘乱以图功名起来。此外各诗也处处以孟尝、信陵期人，以贾生、谢安自负，"养士""报恩"不绝于口角，"扶危""拨乱"络绎于笔端，大言炎炎，不可响迩。最后自知功名无望，又"心知不得语，却欲栖蓬瀛"，要找什么赤松、黄石去了。那首《扶风豪士歌》更写尽了他暮年"侠"与"仙"的浪漫梦想。时代是这样一个流血破坏、呻吟痛苦的时代，我们的诗人脑筋里还搬演着龙吟虎啸风云变色的战国壮剧；或者拿着他的芙蓉绿玉杖，在云端里遨游自得，他曾自说"白，嶔崎历落可笑人也"，看他这样不懂事，果然有些"可笑"。黄鲁直尝说："太白豪放，人中凤凰麒麟，譬如生富贵人，虽醉饱瞑暗，啽呓中作无义语，终不作寒乞声耳。"我想他并不是不屑作，其实是不会作，四十多年承平社会，五十载的豪华生活，使他远远地离开了实际生活，变成了个"白昼做梦者"，而且艺术典型已经固定，要他骤然改变创作的态度，谈何容易呢？

同时那群诗人生活，固不见得个个都舒适，但生长开、天盛世，所见所闻都是富贵繁华的景象，写作的技术天然成为放纵夸诞一派，叫他们去描写新时代的一切，其实缺乏相当的训练，所以他们对新时代的态度最初是不理会，最后是逃避：李白逃到天上；王维、裴迪逃入山林；高适、岑参则爽性逃归静默。大约因为这逼拶而来的新时代太丑恶了，不是素讲唯美的他们所能忍受的缘故。

这群诗人抱着他们过去的光荣，甘心和旧时代一齐没落，诗坛遂归新诗人占领了。这位新诗人和他几位同志对于当前的新时代，不但不退避，反而迎上前去，细心观察它、解剖它，寻出它受病的症结，开出脉案，好让握政权者来下药；把它的变化一一铭刻在作品里，使后世知道那个大变动的真相。这才算把文学由天上提到人间，由梦想变成真实，而且代浪漫主义而兴，成为唐诗一大宗派。

第一个肩起这神圣的文学使命者是谁？是杜甫。他比之开、天那群诗人年纪固不见得轻了多少，但四十以前尚无赫赫之名，文学的形式也就没有固定。况且他在大乱前所过的也是黎藿不充、鹑衣百结的穷苦生活，对于人生

《江畔独步寻花》 杜甫

的经验比李白等深刻；以后他拿这经验做基础，进而描写那颠连困厄的新时代，就比较地不费力了。况且他天性近于写实派，四十岁以前记述自己贫贱生活的诗歌都生动有趣，能给读者以一种新鲜真实的印象，有时学为浪漫体反而不大自然，他之成为中国第一个写实诗人，环境固有关系，天才更有关系。

杜甫，字子美，襄阳人。早年家贫，奔走吴越齐鲁之间。至年四十献《三大礼赋》。玄宗使宰相试其文章，授河西尉，不就。改右卫率府胄曹，与京中一班闲曹小官如郑虔、苏端往来，倒也过了几时诗酒啸傲穷诗人的生活。

安禄山破长安，肃宗即位灵武。他自鄜州微服奔行在，陷于贼中。第二年脱身至凤翔，拜左拾遗。以疏救宰相房琯，祸几不测，赖张镐救之获免。出为华州司功参军，后赴秦州，辗转至蜀，依严武，结草堂于浣花溪上，种竹栽松，生活稍得安定。严武入朝，剑南西川兵马使徐知道反，避至梓州。逾二年严武再镇蜀，仍归成都草堂。武表为节度参谋，检校工部员外郎，赐绯鱼袋。次年严武卒，崔旰等据蜀作乱，他只好又带着妻儿奔走于道路。由成都南下，自戎州至渝州、忠州，居于云安。不到半年又到夔州，居二年，因他的兄弟在荆州，东下出三峡，到江陵居公安。又赴岳阳，明年到潭州，又明年到衡州，想到郴州依舅氏崔伟，秋舟下荆楚，竟以寓卒，旅殡岳阳。他生于睿宗先天元年（七一二），卒于代宗大历五年（七七〇），寿五十八。

杜甫作品，据胡适说可分为三期。第一时期是大乱以前的诗，在京过他"骑驴三十载"的生活，从自己生活里观察了不少的民生痛苦，从他个人贫苦的经验里体验出人生的实在状况，所以在大乱之前已能感觉到社会国家的危机，而建筑他写实文学的基础。

自安禄山之乱至入蜀定居，为他诗的第二时期，也是他诗最光荣的时代。他将当时社会崩坏的惨况，一一写入诗中，可与正史互相印证，如《哀江头》《哀王孙》"三别""三吏"《北征》，都具有永久不磨的价值。

自入蜀至死于道路时为杜诗之第三时期，此时虽仍然困穷而生活较为安定。所作描写田园的小诗，随便挥洒都有天趣，后来转徙于道路，但究竟比陷贼逃难时死生悬于呼吸的境况不同，所以诗的意境也比较平静。

研究杜甫的诗，应分为内容和形式两方面来论。内容方面：

第一，写实天才的表现　　杜甫天性近于写实，少年时代已然，上文已经提过了。他在天宝九年（七五〇）《进雕赋表》中说："自七岁所缀诗笔，向四十载矣，约千有余篇。"但今杨伦《杜诗镜铨》编年本，杜甫作品自游齐鲁（据《杜工部年谱》，游齐鲁在开元二十五年[七三七]，他那时二十九岁）后至天宝十四载（七五五）大乱前，仅存一百余篇，就是胡适所说第一期的诗。这时正是浪漫文学最为活动的时期，杜甫有时未能免俗，也勉强学作浪漫诗体，但大都失败，如《送孔巢父谢病归游江东兼呈李白》《玄都坛歌寄元逸人》《渼陂行》，皆是。我现在引他《渼陂行》中一段："此时骊龙亦吐珠，冯夷击鼓群龙趋，湘妃、汉女出歌舞，金支翠旗光有无！"渼陂不过方广数里的小水，即说起风，景象亦不至变幻如此，诗人似乎太滥用他的想象力，而且用煞气力，仍无潇洒自如之趣，就是他不及李白的所在，无怪要招李白"饭颗山头"之嘲笑了。写自己贱贫生活的作品，如《病后遇王倚饮赠歌》："且遇王生慰畴昔，素知贱子甘贫贱。酷见冻馁不足耻，多病沉年苦无健。王生怪我颜色恶，答云伏枕艰难遍。疟疠三秋孰可忍，寒热百日相交战。头白眼暗坐有胝，肉黄皮皱命如线！"写疟疾状况极真实，后来王生邀他在家吃饭，"惟生哀我未平复，为我力致美肴膳，遣人向市赊香粳，唤妇出房亲自馈，长安冬菹酸且绿，金城土酥静如练。兼求富豪且割鲜，密沽斗酒谐终宴"。王生亦非有余之人，诗中"力致""赊""亲自馈""兼求""密沽"等字写出极力周旋之状，愈觉情谊可感。但没有杜甫的写实手段，也不至于表现得这样周详细密。我们拿这与李白的"五花马，千金裘，呼儿将出换美酒"相比，不觉得浮夸与真实之异吗？又如《示从孙济》《曲江三章章五句》《醉时歌赠郑广文》，甚至讽刺时政的《丽人行》《兵车行》，投赠大人先生的《赠韦左丞丈济》《投赠哥舒开府翰二十韵》也都有他写实的本色。到了《自京赴奉先县咏怀五百字》，写实主义的基础已筑得稳固。天宝之乱他写了一百多首纪事诗，写实文学更到了十分成熟的地步。宋祁称其时事诗云："善陈时事，律切精深，至千言不少衰，世号诗史。"钟惺称其人写诸诗云："老杜蜀中诗，非唯山川阴霁，云日朝昏，写得刻骨；即细草败叶，破屋垝垣，皆具性情，千载之下，身历如见。"李子德也说："万里之行役，山川之夷险，岁月之暄凉，交游之违合，靡不曲尽，真诗史也。"他不但对于写境喜真实，即对于中国人素不注意的纪时也喜真实。《北征》开首是"皇帝二载秋，闰八月初吉"，居然应用散文款式成为诗中创格。又《戏赠友二首》之"元年建巳月"，《草堂即事》之"荒村建子月"，也都将年月纪出来。

第二，伟大人格的映射　　人格是作品的根本，人格包含在作品里，像太阳之光热、人类之性灵、钻石之晶莹、宝刀之锋利，换言之就是作家永久在作品里活着。人格伟大，作品也随之伟大，人格卑琐，作品也随之卑琐。我们读了伟大文学，如登泰山，如临东海，在天空海阔的境界里，自觉灵魂的拘束、思想的污浊，都排除得干干净净了，觉得自己的人格也崇高了、扩大了。亚里士多德说悲剧有净化读者灵魂的作用，我说伟大文学也有高化大化读者人格的作用。古今诗人多得不可胜数，为什么后代读者对于杜甫这样钦佩？为什么他在作品里表示悲哀时我们也悲哀，欢乐时我们也欢乐，愤慨时我们也愤慨，使我们的情感变成他的奴隶？这也无非为了他的热忱、他的血性、他的高贵的品格，有以感动我们的缘故。

唐时诗人的思想多出道家，所以是个人主义的、出世的，杜甫的思想则出于儒家，所以是社会主义的、入世的。少年时即具有忠君爱国之心，济世安民之志，你看他"致君尧舜上，再使风俗淳"（《奉赠韦左丞丈二十二韵》），"许身一何愚？窃比稷与契"，"穷年忧黎元，叹息肠内热"（《自京赴奉先县咏怀五百字》）是何等的抱负？后来身逢大乱，语及国运的颠连，奸邪的误国，苍生的困厄，胡羯的横行，常大声疾呼，怒发上指，肝胆如火，涕泗横流，他的伟大人格更在作品里充分表现了。

关于爱君的，如"生逢尧舜君，不忍便永诀……葵藿倾太阳，物性固莫夺"（《自京赴奉先县咏怀五百字》），"至尊尚蒙尘，几日休练卒？……胡命其能久，皇纲未宜绝"（《北征》），"忽闻哀痛诏，又下圣明朝"（《收京三首》），"已喜皇威清海岱，常思仙仗过崆峒"（《洗兵马》），"炎风朔雪天王地，只在忠臣翊圣朝"（《诸将五首》），"周宣汉武今王是，孝子忠臣后代看"，"始是乾坤王室正，却交江汉客魂销"，"兴王会静妖氛气，圣寿宜过一万春"（《承闻河北诸道节度入朝欢喜口号绝句十二首》）。宋祁称其"数尝寇乱，挺节无所污，为歌诗伤时挠弱，情不忘君，人皆怜之"。（《唐书·本传》）苏轼说："古今诗人众矣，而杜子美为首，岂非以其流落饥寒，终身不用，而一饭未尝忘君也欤？"（《苏子瞻诗话》)我们再来看他对于穷苦阶级的同情,这在诗中更是俯拾即是。如《自京赴奉先县咏怀五百字》叙宫廷的华侈、贵族的骄奢、达官的富厚之后,接着叹息道:"彤庭所分帛,本自寒女出。鞭挞其夫家,聚敛贡城阙。圣人筐篚恩,实欲邦国活。……多士盈朝廷,仁者宜战栗。……朱门酒肉臭,路有冻死骨。"《北征》:"乾坤含疮痍,忧虞何时毕?"《留花门》论吐蕃兵骚扰百姓的状况:"田家最恐惧,麦倒桑枝折。……花门既须留,原野转萧瑟!"《宿花石戍》:"谁能扣君门,下令减征赋。"《寄柏学士林居》:"几时高议排金门,各使苍生有环堵。"关于征戍之苦有《兵车行》"三别""三吏",前者为天宝十年(七五一)杨国忠捉两京及河南、河北的百姓去打云南蛮而作。这事本来杨国忠为个人的功名起见,不比那正当的民族防御战争,所以杜甫表示反对,如"边庭流血成海水,武皇开边意未已。君不闻汉家山东二百州,千村万落生荆杞。纵有健妇把锄犁,禾生陇亩无东西"。不说战争本身的罪恶,但描写战争对于社会的影响,是比其余非战文学更加进一步的写法。"三别""三吏"比《兵车行》又加几倍沉痛,唯其中并无非战思想,仅将那时兵祸之惨,如实写出而已。最足表现杜甫

伟大精神的,是那首有名的《茅屋为秋风所破歌》:

八月秋高风怒号,卷我屋上三重茅!茅飞渡江洒江郊,高者挂罥长林梢,下者飘转沉塘坳。南村群童欺我老无力,忍能对面为盗贼,公然抱茅入竹去,唇焦口燥呼不得,归来倚杖自叹息!俄顷风定云墨色,秋天漠漠向昏黑。布衾多年冷似铁,娇儿恶卧踏里裂。床头屋漏无干处,雨脚如麻未断绝。自经丧乱少睡眠,长夜沾湿何由彻?安得广厦千万间,大庇天下寒士俱欢颜,风雨不动安如山!呜呼,何时眼前突兀见此屋,吾庐独破受冻死亦足!

《碧溪诗话》称其"仁心广大,异夫求穴之蝼蚁辈,真得孟子所存矣"。又称老杜似孟子。王安石也是个社会诗人,对于杜甫更佩服得五体投地。《题子美画像》后半首云:"惜哉命之穷,颠倒不见收。青衫老更斥,饿走半九州。瘦妻僵前子仆后,攘攘盗贼森戈矛。吟哦当此时,不废朝廷忧。常愿天子圣,大臣各伊周。宁令吾庐独破受冻死,不忍四海赤子寒飕飕。伤屯悼屈止一身,嗟时之人我所羞。所以见公像，再拜涕泗流，推公之心古亦少，愿起公死从之游。"

第三，诙谐趣味的流露　　我们因为杜甫惯于言愁，惯于替痛苦的社会写照，都把他当作一位严肃诗人，但他的性格其实很幽默，很富于风趣。胡适说杜甫的祖父杜审言便是个爱诙谐的人，临死还要开宋之问、武平一的玩笑，杜甫好像得了他的遗传，故终身在穷困之中而意兴不颓衰，风味不干瘪。我们看杜甫早年《进雕赋表》："明主傥使执先祖之故事，拔泥涂之久辱，则臣之述作，虽不足以鼓吹六经，先鸣数子，至于沉郁顿挫，随时敏捷，而扬雄、枚皋之流，庶可跂及也。有臣如此，陛下其舍诸？"其高自称道有东方朔自荐表的趣味。《北征》写返家时妻子儿女情景，"经年至茅屋，妻子衣百结。……平生所娇儿，颜色白胜雪，见耶背面啼，垢腻脚不袜。床前两小女，补缀才过膝，海图坼波涛，旧绣移曲折，天吴及紫凤，颠倒在裋褐"。这已经写得很有趣了，下文"那无囊中帛，救汝寒凛栗。粉黛亦解包，衾裯稍罗列。瘦妻面复光，痴女头自栉。学母无不为，晓妆随手抹。移时施朱铅，狼藉画眉阔。生还对童稚，似欲忘饥渴。问事竞挽须，谁能即嗔喝？翻思在贼愁，甘受杂乱聒"，不更叫人发笑吗？还有一首《彭衙

《绝句》 杜甫

行》是追述鄜州逃难景况下一个款待他的朋友的。其中"痴女饥咬我，啼畏虎狼闻。怀中掩其口，反侧声愈嗔。小儿强解事，故索苦李餐"，张上若谓其"写人所不能写处，真极，朴极，亦趣极，惟杜公善用此法"。他《戏简郑广文虔兼呈苏司业源明》："广文到官舍，系马堂阶下，醉则骑马归，颇遭官长骂。"把郑虔颓唐放浪的狂态完全写出。又送高适"高生跨鞍马，有似幽并儿"，写高从戎装束，似赞似嘲也有幽默风味。又《狂歌行赠四兄》开自己玩笑，后来苏轼亦惯为此。《遭田父泥饮美严中丞》写田义"酒酣夸新尹，畜眼未见有。回头指大男，渠是弓弩手。名在飞骑籍，长番岁时久。前日放营农，辛苦救衰朽。差科死则已，誓不举家走。……叫妇开大瓶，盆中为吾取……语多虽杂乱，说尹终在口。朝来偶然出，自卯将及酉……高声索果栗，欲起时被肘。指挥过无礼，未觉村野丑。月出遮我留，仍嗔问升斗"。杨伦说："夹叙夹述，情状声吻、色色描画入神，正始班、马记事，未必如此亲切，千载下读者无不绝倒。"至于浣花江边的小诗如《绝句漫兴》《江畔独步寻花》《漫成》《绝句》，骂燕子，骂春风，骂桃花，花开既恨，花折又恨，一片奈何不得的光景，都可表现这老头子十分趣味，无限风情。我们的诗人常常拉长脸子说正经话，或痛哭流涕为社稷苍生担忧，有时不免过于板重，但有这样轻松的趣味，调剂其间，便使我们觉得他更近人情，更自然。我们读杜甫诗，应当从他抑塞磊落、悲歌慷慨的情感里，沉郁顿挫苍壮的笔调里，领略他这特有的诙谐的风趣。

杜甫诗形式方面，我们不必多费笔墨，所要知道的：

一则他是用气力作诗的第一人，他自己说"颇学阴何苦用心""新诗改罢自长吟""语不惊人死不休""老去渐于诗律细"，这认真作诗，开了中唐以后苦吟的风气。

二则他对新诗体创造极其努力。可分三项来说，首为新乐府的创造；如《哀王孙》《哀江头》《悲陈陶》《悲青坂》"三别""三吏"都独创新题，自由抒写，其成功比李白还来得大。胡应麟说："少陵不效四言，不仿《离骚》，不用乐府旧题，是此老胸中壁立处。……太白以《百忧》等篇拟风雅，《鸣皋》等作拟《离骚》，俱相去悬远，乐府奇伟高出六朝，古质不如两汉，较输杜一等也。"杨伦说："自六朝以来，乐府题率多模拟剽窃，陈陈相因，最为可厌。子美出而独就当时所感触，上悯国难，下痛民穷，随意立题，尽脱去前人窠臼，《苕华》《草黄》之哀不是过也。乐天《新乐府》《秦中吟》等篇，亦自此出，而语稍平易，不及杜之沉警独绝矣。"次则杂体的创造，如《曲江三章章五句》《乾元中寓居同谷县作歌七首》，朱熹谓后者"此歌七章，豪宕奇崛，兼取《九歌》《四愁》《十八拍》诸调而变化出之，遂成创体"。李荐《师友纪闻》："太白《远别离》《蜀道难》与子美《寓居同谷七歌》，风骚极致，不在屈、宋之下。"又次则为句法的创造，如"露从今夜白，月是故乡明""香稻啄余鹦鹉粒，碧梧栖老凤凰枝""翠深开断壁，红远结飞楼""绿垂风折笋，红绽雨肥梅"，故用倒装，愈显力量。

三则他作品的体裁异常广博，李白专会作乐府，他则兼工律诗，风格也极多变化。故元稹称其"上薄风雅，下该沈、宋，言夺苏、李，气吞曹、刘，掩颜、谢之孤高，杂徐、庾之流丽，尽得古人之体势，而兼今人之所独专"。《遁斋闲览》说："或问王荆公云：'编四家诗以杜甫为第一，李白为第四，岂白之才格词致不逮甫耶？'公曰：'白之歌诗豪放飘逸，人固莫及，然其格止于此而已，不知变也。至于甫则悲欢穷泰，发敛抑扬，疾徐纵横，无施不可。故其诗有平淡简易者；有绵丽精确者；有严重威武若三军之帅者；有奋迅驰骋若泛驾之马者；有淡泊闲静若山谷隐士者；有风流蕴藉若贵介公子者。盖其诗绪密而思深，观者苟不能臻其阃奥，未易识其妙处。'"沈嘉亦常说："今人多称李、杜率无定品，余谓李如春草秋波，无不可爱，然注目易尽耳。至如老杜如堪舆中然，太山乔岳，长河巨海，纤草秾花，怪松古柏，惠风微波，严霜烈日，何所不有？"

第十二讲

大历间的诗人

大历是代宗的年号,自公元七六六年起至七七九年止,共十四年。所谓大历间的诗人,并不是说这班诗人的活动,恰恰限于这十四年里,不过他们大多数死在大历中或大历后,为叙述方便起见,我们只好喊他们为"大历诗人"。

大历诗人的作品可分为三派:一派是与杜甫相鼓吹的人生派;一派是表里王维、孟浩然的田园派;一派是以研练字句,工秀幽隽,借五七言律绝称长的小诗派。

人生派以元结、顾况为代表。

元结,字次山,河南人。代宗时为道州刺史,为民营舍给田,免徭役,流亡归者万余。进容管经略使,罢还京师,卒年五十三。在政治措施上,可见他是个关心民瘼的人。

在文学上表现当然也是如此。天宝丙戌（七四六）见运河流域百姓遭水灾后的愁苦，假借隋人冤歌作《闵荒诗》一篇。次年在长安待制，又作《治风诗》五篇、《乱风诗》五篇，合名《二风诗》，与他所作《皇漠》（时议）三篇，想献之朝廷未果。诗仿《卿云》《虞帝》等歌体裁，甚为拙劣，故胡适说它毫没有诗的意味。又作《系乐府》十二首，其中《贫妇词》《农臣怨》也可表现当时下层阶级的痛苦。

大乱以后他这类诗更多了，如《舂官引》《春陵行》《贼退示官吏》都是很沉痛的作品。《春陵行》写道州赋税之苛重，百姓之困苦："州小经乱亡，遗人实困疲。大乡无十家，大族命单羸。朝餐是草根，暮食仍木皮。出言气欲绝，意速行步迟。追呼尚不忍，况乃鞭扑之？……去冬山贼来，杀夺几无遗。所愿见王官，抚养以惠慈。奈何重驱逐，不使存活为？"《贼退示官吏》序云："癸卯岁西原贼入道州，焚烧杀掠几尽而去。明年贼又攻永，破邵，不犯此州边鄙而退。岂力能制敌欤？盖蒙其伤怜而已。诸使何为忍苦征敛？故作诗一篇以示官吏。"全诗如下：

昔岁逢太平，山林二十年，泉源在庭户，洞壑当门前；井税有常期，日晏犹得眠。忽然遭世变，数岁亲戎旃。今来典斯郡，山夷又纷然。城小贼不屠，人贫伤可怜。是以陷邻境，此州独见全。使臣将王命，岂不如贼焉！今彼征敛者，迫之如火煎。谁能绝人命，以作时世贤？思欲委符节，引竿自刺船，将家就鱼麦，归老江湖边。

杜甫在夔州时读了元结这两篇诗，作《同元使君舂陵行》序云："今盗贼未息，知民疾苦，得结辈十数公，落落然参错天下为邦伯，万物吐气，天下少安可得矣。"可见杜甫很高兴得着元结这个同志。

元结在乾元三年（七六〇）选集他的师友沈千运、于逖、孟云卿、张彪、赵微明、王季友与元季川七人的诗二十四首，名为《箧中集》，其序云："……近世作者更相沿袭，拘限声病，喜尚形似，且以流易为辞，不知丧于雅正。然哉。彼则指咏时物，会谐丝竹，与歌儿舞女生污惑之声于私室可矣。若今方直之士、大雅君子听而诵之，则未见其可矣。吴兴沈千运独挺于流俗之中，强攘于已溺之后，穷老不惑，五十余年，凡所为文皆与时异，故朋友后生稍见师效，能似类者有五六人。……"这可见《箧中集》的诗人有独立成为一派的状况了。

孟云卿，河南人，一说武昌人。第进士为校书郎，与杜甫亦友善，故甫有"孟子论文更不疑"之句。其《伤时》云："独立正伤心，悲风来孟津。大方载群物，先死有常伦。虎豹不相食，哀哉人食人！"即纪安史之乱。赵微明，天水人，工书，其《回军跛者》云："既老又不全，始得离边城。一枝假枯木，步步向南行。去时日一百，来时月一程。常恐道路旁，掩弃狐兔茔。所愿死乡里，到日不愿生！"写残废老军人极动人。

沈千运，吴兴人，家于汝北。其《古歌》云："北邙不种田，但种松与柏。松柏未生处，留待市朝客！"颇有王梵志"城外土馒头，馅草在城里"之意。

王季友，河南人，家贫卖履，博极群书。诗虽浅率而有真趣，如《宿东溪李十五山亭》"上山下山入山谷，溪中落日留我宿。松石依依当主人，主人不在意亦足"即其例。其余各存诗数首不录。

顾况，字逋翁，海盐人。肃宗至德进士，长于歌诗，性好诙谐，与李泌、柳浑友善。他作社会诗态度虽然不如杜甫、元结严肃，但滑稽之中也含至理，有《上古之什补亡训传十三章》。其《上古》乃悯农之作："啬夫咨咨，䅲盛苗衰，耕之耰之，袯襫锄犁。手胼足胝，水之蛭螾，吮喋我肌。"《持斧》为伐人墓上松柏为薪之兵士而作："持斧，持斧，无翦我松柏兮，柏下之土藏吾亲之体魄兮！"《囝》在十三章中为上乘。原注："囝音蹇，闽俗呼子为囝，父为郎罢。"

> 囝生闽方，闽吏得之，乃绝其阳，为臧为获，致金满屋，为髡为钳，如视草木。天道无知，我罹其毒，神道无知，彼受其福。郎罢别囝，吾悔生汝，及汝既生，人劝不举。不从人言，果获是苦！囝别郎罢，心摧血下，隔地绝天，及至黄泉，不得在郎罢前！

他的诗时作诙谐语，又喜以俗话入诗，如《杜秀才画立走水牛歌》："江村小儿好夸骋，脚踏牛头上牛领，浅草平田擦过时，大虫著钝几落井。""大虫"是俗话的老虎，"著钝"或者是受惊吧？又《梁司马画马歌》："此马昂然独出群，阿爷是龙飞入云。"旧传良马为龙种，杜甫所谓"云雾晦冥

《题叶道士山房》 顾况

方降精"是也。但"阿爷"二字用得实教人发笑。

但顾况虽好作滑稽语，诗的大部分实是新清隽秀一路。其小诗思致空灵透澈，有如寒泉水晶，读之令人心口皆爽。

> 心事数茎白发，生涯一片青山。空林有雪相待，古道无人独还。(《归山作》)
>
> 板桥人渡泉声，茅檐日午鸡鸣。莫嗔焙茶烟暗，却喜晒谷天晴。(《过山农家》)
>
> 山中好处无人别，涧梅伪作山中雪。野客相逢夜不眠，山中童子烧松节。(《山中赠客》)
>
> 暂出河边思远道，却来窗下听新莺。故人一别几时见，春草还从旧处生！(《赠远》)

田园派则以韦应物为代表。

韦应物，京兆长安人。少以三卫郎事明皇，晚更折节读书。大历中间自鄠令制除为栎阳令，建中（德宗年号）三年（七八二）拜比部郎，出为滁州刺史，后又为苏州刺史。应物性高洁，所在焚香扫地而坐，与顾况、刘长卿、丘丹、秦系、皎然之俦酬唱，其诗闲淡简远，人比之陶潜，称陶、

《寄诸弟》 韦应物

韦云。今引其气味似陶之作品二首。

> 幽居捐世事，佳雨散园芳，入门霭已绿，水禽鸣春塘。重云始成夕，忽霁尚残阳。轻舟因风泛，郡阁望苍苍。私燕阻外好，临欢一停觞。兹游无时尽，旭日愿相将。(《池上怀王卿》)
>
> 兹晨乃休暇，适往田家庐。原谷径途涩，春阳草木敷。才遵板桥曲，复此清涧纡，崩壑方见射，回流忽已舒，明灭泛孤景，杳霭含夕虚。无将为邑志，一酌澄波余。(《往云门郊居途经回流作》)

葛立方《韵语阳秋》："韦应物诗平平处甚多，至于五字句则超然出于畦径之外，如《游溪》诗：'野水烟鹤唳，楚天云雨空。'《南斋》诗：'春水不生烟，荒冈筱欹石。'《咏声》诗：'万物自生听，太空常寂寥。'如此等句岂下于'兵卫森画戟，燕寝凝清香'哉？故白乐天云：'韦苏州五言诗，高雅闲淡，自成一家之体。'东坡亦云：'乐天长短三千首，却爱韦郎五字诗。'"《岘佣说诗》："韦公古淡胜于右丞，故于陶为独近，如'贵贱虽异等，出门皆有营''微雨夜来过，不知春草生''宁知风雨夜，复此对床眠''不觉朝已晏，起来望青天'，如出五柳先生口也。"张戒《岁寒堂诗话》也说韦的作品"韵高而气清"。

元和间文人柳宗元作诗也学陶潜，与韦应物合称韦柳。但柳境遇至为拂逆，学陶乃强作达观，其气息实不类，所以《岘佣说诗》说道："柳子厚幽怨，有得骚旨，而不甚似陶公，盖怡旷气少，沉至语少也。"

小诗派以大历十才子为代表。

所谓大历十才子的说法颇为纷歧。《唐书·文艺传·卢纶传》为卢纶、吉中孚、韩翃、钱起、司空曙、苗发、崔峒、耿湋、夏侯审、李端十人。《江邻几杂志》则为卢纶、钱起、郎士元、司空曙、李益、李端、李嘉祐、皇甫曾、耿湋、苗发、吉中孚等十一人。严羽《沧浪诗话》又多一冷朝阳。

胡光炜又引管世铭《读雪山房唐诗钞》所载"大历十子"人名为刘长卿、钱起、郎士元、皇甫冉、李嘉祐、司空曙、韩翃、卢纶、李端、李益。（《中国文学史讲稿》）胡氏说管氏此语必有所本，且此十人诗个个不坏，又都存在。现在我们就以管说为根据吧。

刘长卿，字文房，河间人。开元二十一年（七三三）

进士，至德中为监察御史，终随州刺史。在他诗里我们可以知道他和孔巢父、高适、孟云卿、皇甫冉、张继都有相知之雅。上元、宝应间（七六〇至七六二），权德舆常称之为"五言长城"，皇甫湜也说："诗未有刘长卿一句，已呼宋玉为老兵矣；语未有骆宾王一字，已骂宋玉为罪人矣。"《云溪友议》谓刘因人说"前有沈、宋、王、杜，后有钱、郎、刘、李"，便说："李嘉祐、郎士元何得与余并驱？"可见他自负不浅。

他既以五言著名，我们便来看他的五言。《全唐诗话》称其"春风吴草绿，古木剡山深。明日沧洲路，孤云不可寻"及"沙鸥惊小吏，湖月上高枝"，但我更爱他的五绝：

日暮苍山远，天寒白屋贫。柴门闻犬吠，风雪夜归人。（《逢雪宿芙蓉山主人》）

孤云将野鹤，岂向人间住？莫买沃洲山，时人已知处。（《送方外上人》）

苍苍竹林寺，杳杳钟声晚。荷笠带夕阳，青山独归远。（《送灵澈上人》）

渡口发梅花，山中动泉脉。芜城春草生，君作扬

《逢雪宿芙蓉山主人》 刘长卿

州客。(《送子婿崔真甫李穆往扬州》)

钱起,字仲文,吴兴人。天宝十载(七五一)进士,官秘书省校书郎,终尚书考功郎中。诗格新奇,理致清瞻。其《蓝田溪杂咏》二十二首似乎受王维《辋川集》的影响,其佳处亦不在《辋川集》下。

望山登春台,目尽趣难极。晚景下平阡,花际霞峰色。(《登台》)

净与溪色连,幽宜松雨滴。谁知古石上,不染世人迹。(《石上苔》)

风送出山钟,云霞度水浅。欲知声尽处,鸟灭寥天远。(《远山钟》)

有意莲叶间,瞥然下高树。擘波得潜鱼,一点翠光去。(《衔鱼翠鸟》)

郎士元,字君胄,中山人。天宝中进士,宝应初补渭南尉,历右拾遗,出为郢州刺史。与钱起齐名,自丞相以下出使作牧,不得二人诗祖饯,即为时论鄙薄。但他集中

《舟兴》 钱起

送人诗虽多,出色者却很少。今引其《柏林寺南望》七绝一首:

溪上遥闻精舍钟,泊舟微径度深松。青山霁后云犹在,画出西南四五峰。

皇甫冉,字茂政,润州丹阳人。天宝进士,大历初累迁右补阙,奉使江表,卒于家。其诗天机独得,远出情外。与弟曾齐名,时人比之张氏景阳、孟阳。其《山中五咏》之二:

上路各乘轩,高明尽鸣玉。宁知涧下人,自爱轻波渌。(《南涧》)

山馆长寂寂,闲云朝夕来。空庭复何有?落日照青苔。(《山馆》)

韩翃,字君平,南阳人。天宝进士。以"春城无处不飞花"一诗受知德宗,除驾部郎中,知制诰,擢中书舍人。前人称其诗兴致繁富,一篇一咏,朝野珍之。我则爱他

《羽林少年行》 韩翃

诗的华贵气象。

> 骏马牵来御柳中,鸣鞭欲向渭桥东。红蹄乱踏春城雪,花颔骄嘶上苑风。(《羽林少年行》二首其一)
>
> 鸳鸯赭白齿新齐,晚日花中散碧蹄,玉勒斗回初喷沫,金鞭欲下不成嘶。(《看调马》)

这与《寒食》一诗都是开、天太平盛世的景象,安禄山乱后便不可多得了。但他的诗也有极清者,如《送齐山人归长白山》"柴门流水依然在,一路寒山万木中",不啻一幅图画。

卢纶,字允言,河中蒲人。大历初数举进士不第,元载取其文以进,补阌乡尉。建中初迁校检户部郎中。贞元中舅韦渠牟表其才,驿召之,会卒。文宗爱其诗,尝遣中人索其家笥,得诗五百篇以进。他的《和张仆射塞下曲》气概颇雄壮。

> 鹫翎金仆姑,燕尾绣蝥弧。独立扬新令,千营共一呼!(《和张仆射塞下曲》其一)

《秋千》 卢纶

林暗草惊风，将军夜引弓。平明寻白羽，没在石棱中。(《和张仆射塞下曲》其二）

月黑雁飞高，单于夜遁逃。欲将轻骑逐，大雪满弓刀。(《和张仆射塞下曲》其三）

野幕敞琼筵，羌戎贺劳旋。醉和金甲舞，雷鼓动山川！(《和张仆射塞下曲》其四）

李益，字君虞，姑臧人。大历四年（七六九）进士。太和初以礼部尚书致仕卒。益长于歌诗，贞元末与李贺齐名，每作一篇，教坊乐人以赂求取为供奉歌辞。其《征人歌》《早行篇》，好事者画为屏幛。他少年时北游河朔幽州，为刘济从事，所以长于边塞诗。

天山雪后海风寒，横笛偏吹行路难。碛里征人三十万，一时回首月中看！(《从军北征》)

鸿雁新从北地来，闻声一半却飞回。金河戍客肠应断，更在秋风百尺台。(《夜上西城听梁州曲》)

他的"回乐峰前沙似雪，受降城外月如霜。不知何处

《天津桥南山中各题一句》 李益

吹芦管,一夜征人尽望乡",颇为后人赞赏。王世贞说:"绝句李益为胜,韩翃次之。"沈德潜说:"七言绝句,中唐以李庶子、刘宾客为最,音节神韵,可追逐龙标、供奉。"但我极爱他那首混入李白集中的《长干行》:

忆妾深闺里,烟尘不曾识。嫁与长干人,沙头候风色。五月南风兴,思君下巴陵;八月西风起,想君发扬子。去来悲如何,见少离别多,湘潭几日到,妾梦越风波。昨夜狂风度,吹折江头树,淼淼暗无边,行人在何处?好乘浮云骢,佳期兰渚东,鸳鸯绿浦上,翡翠锦屏中。自怜十五余,颜色桃花红,那作商人妇,愁水复愁风!

李端,字正已,赵郡人。大历五年(七七〇)进士。尝在驸马郭暧第赋诗,甚工,公主赐以百缣。钱起谓其为宿构,请更以己姓为韵。端即刻又赋一首,起四句云:"方塘似镜草芊芊,初月如钩未上弦。新开金埒看调马,旧赐铜山许铸钱。"起等乃服。其《拜新月》:"开帘见新月,便即下阶拜。细语人不闻,北风吹裙带。"《听筝》:"鸣筝金粟柱，素手玉房前。欲得周郎顾，时时误拂弦。"亦佳。

司空曙，字文明，广平人。终虞部郎中。诗格清华。其《药园》："春园芳已遍，绿蔓杂红英。独有深山客，时来辨药名。"《石井》："苔色遍春石，桐阴入寒井。幽人独汲时，先乐残阳影。"意致都幽深秀隽。

尚有戴叔伦、张继也为大历中有名诗人。戴《忆原上人》："一两棕鞋八尺藤，广陵行遍又金陵；不知竹雨竹风夜，吟对秋山那寺灯？"气韵流畅，清无点尘。张继以"月落乌啼霜满天"一诗称最，苏州寒山寺竟因此诗而垂不朽。

大历诗人不为不多，不过天才都算在第二三流以下，其作品婉转清扬，芊绵秀丽如春鸟秋虫，幽花野草，令人可爱，但只能说是"优美"而不能说是"壮美"。杜甫"或看翡翠兰苕上，未掣鲸鱼碧海中"，以诸公诗与李、杜并读，便会发生这样感想。

《黄子陂》 司空曙

第十三讲

险怪派领袖诗人韩愈

大历到元和三四十年间的诗坛是冲和清雅的诗派占着优势,已如上章所述。但到了九世纪初期,又出了几个才气很大的诗人,将这中衰的局面振起了。这时代诗坛分为两大派,一为韩愈领导的险怪派,一为白居易领导的人生派。

现在我们先论韩愈。所谓领袖,并不是说韩愈先造出一种险怪的诗体,教人跟从他,实际上他还受同派人的影响,不过他名望较高,家数较大,所以我们派他为领袖。

韩愈,字退之,南阳人。少孤,刻苦为学,尽通六经百家。贞元八年(七九二)擢进士第,为监察御史,上疏极论时事,贬山阳令。元和中再为博士,改中书舍人,太子右庶子。裴度讨淮西,请为行军司马,以功迁刑部侍郎。

《北楼》 韩愈

谏迎佛骨，谪潮州刺史，移袁州。穆宗即位，召拜国子祭酒，兵部侍郎。不久为吏部侍郎。卒于穆宗长庆四年（八二四），寿五十六。谥曰"文"，世称韩文公。

韩愈是个文学革命家，他与柳宗元、李翱、皇甫湜等提倡古文运动，打倒六朝以来骈体文字，代以单行的散文，有"文起八代之衰"的美誉，可算得中古文学史上最卓越的一位。他的诗在唐诗中也另开生面，为李、杜以来的大家。

大约诗到李、杜，已做到圆熟的境界。过圆则流于庸，过熟则流于滑。大历诸子之不能出色，虽为天才所限，也可说所生时代之不美。到了韩愈，叫他安于庸熟当然不肯；叫他腾挪变化，超过李、杜，也难办到，于是想出一条另取途径的办法，把自己造成奇险一派。别人的作品好像康庄大道，他的却是人迹所未曾到的峭壁悬崖；别人的作品，好像醺然醉人的小阳天气，他的却是惊雷骇电、怪雨盲风、波涌如山、鲸呿鳌掷的海上变天。他能在李、杜之后独树一帜，称为大家者，全靠这点冒险争胜的志气。这也像虬髯客见了太原公子，知道不能与他逐鹿中原，便遁到海外去开辟王国，另做出一番烈烈轰轰、惊天动地的事业来，我们能不许他为豪杰之士吗？

韩愈诗险怪的表现，可以分为几项来说：

第一，以散文的方法作诗。这是我们读韩诗最容易感到的，古人也曾如此说过。《冷斋夜话》："沈存中、吕惠卿吉甫、王存正仲、李常公泽，治平中（宋英宗年号）在馆中夜谈诗，存中曰：'退之诗押韵之文耳。虽健美富赡，然终不是诗。'吉甫曰：'诗正当如是。吾谓诗人亦未有如退之者。'"我们现在读他的《谢自然诗》《送灵师》《寄卢仝》《送惠师》，顺起顺结，源源本本，有散文之结构，无诗歌之剪裁，有散文之畅达，无诗歌之藻翰，我们说这些作品是有韵的赠序文也无不可。像《嗟哉董生行》更和韩氏平生赠序散文气息相似：

> 淮水出桐柏，山东驰遥遥千里不能休。淝水出其侧，不能千里百里入淮流。寿州属县有安丰，唐贞元时县人董生召南隐居行义于其中。刺史不能荐，天子不闻名声，爵禄不及门；门外惟有吏日来征租更索钱。嗟哉董生，朝出耕，夜归读古人书，尽日不得息，或山而樵，或水而渔，入厨具甘旨。上堂问起居。父母不戚戚，妻子不咨咨。嗟哉董生孝且慈，人不识，惟有天翁知……

他的诗也有明白畅达的。所以赵翼说:"其实昌黎自有本色,仍在文从字顺中,自然雄厚博大,不可捉摸,不专以奇险见长。……若徒以奇险求昌黎,转失之矣。"但他的"文从字顺"的诗,都是用散文方法写的,仍然还是一个险怪。

五言诗的音节,普通上二下三,七言则上四下三,但他偏不守这规则。如"有穷者孟郊""淮之水悠悠""落以斧引以缧徽""子去矣时若发机""溺厥邑囚之昆仑""虽欲悔舌不可扪"这类句法,赵翼引为韩诗创格之例,其实不过是散文句法入诗而已。

第二,以字书入诗及以作赋方法作诗。胡光炜《中国文学史讲稿》说汉代文学家如扬雄、司马相如之流,同时又是小学家,韩愈对于小学也很费了一番苦功,他自己又有"凡作文章宜略识字"的口号。他用了许多为平常所不经见的字放在他的诗中,他著名的《南山诗》《陆浑山火和皇甫湜用其韵》与孟东野《城南联句》,并不是一个未研究过小学的人一翻就看得懂的。不但如此,有时他的诗句有六个字或一整句都是名词。如《陆浑山火和皇甫湜用其韵》"虎熊麋猪逮猴猿","水龙鼍龟鱼与鼋","鸦鸱雕鹰雉鹄鹛",又有几于连句都是动词的,如同篇中之"燖炰煨爊孰飞奔",

这显然是有意学《急就篇》的句法,以炫新奇。

汉赋每喜用奇字奥义,韩诗亦然。且赋最尚铺张排比,而韩愈的《南山诗》历叙山上之土、石、草、木与春、夏、秋、冬,极其详尽,与汉赋之历叙东、西、南、北、草、木、鸟、兽,章法颇相类。我们不妨说《南山诗》就是一篇每句五个字的赋。现在我们引《南山诗》最有意铺排的一段于下:

或连若相从,或蹙若相斗,或妥若弭伏,或竦若惊雊,或散若瓦解,或赴若辐辏,或翩若船游,或决若马骤,或背若相恶,或向若相佑,或乱若抽笋,或嵲若炷灸。或错若绘画,或缭若篆籀,或罗若星离,或蓊若云逗,或浮若波涛,或碎若锄耨,或如贲育伦,赌胜勇前购,先强势已出,后钝嗔诟譳,或如帝王尊,丛集朝贱幼,虽亲不亵狎,虽远不悖谬,或如临食案,肴核纷饤饾,又如游九原,坟墓包椁柩,或累若盆罌,或揭若登豆,或覆若曝鳖,或颓若寝兽,或蜿若藏龙,或翼若搏鹫,或齐若友朋,或随若先后。或进若流落,或顾若宿留,或戾若仇雠,或密若婚媾,或俨若峨冠,或翻若舞袖,或屹若战阵,或围若蒐狩,或靡然东注,或偃然北首，或如火熺焰，或若气馈馏，或行而不辍，或遗而不收，或斜而不倚，或弛而不觳，或赤若秃鬝，或熏若柴槱，或若龟坼兆，或若卦分繇，或前横若剥，或后断若姤。

赵翼又引他《月蚀诗效玉川子作》之铺到东西南北四方神祇，《谴疟鬼》历数医师、诅师、符师、灸师，以为有意出奇，为诗中另增一格，但也不过是赋的铺排法。

第三，别人作诗都求其美，他却故意求其丑。刘熙载《艺概》"昌黎诗每以丑为美"，真是一句最精辟的批评。我常说韩愈诗像法国罗丹的雕刻。罗丹前的雕刻都宗希腊遗意，讲究平衡、分量、均齐、节奏，以优美精工为主。罗丹出始一扫空之，其所作品筋骨突兀，面目狞恶，乍见似未施雕琢之泥石一堆，细辨之则神情飞动，真气流注，寓有绝大的气魄与天才。诗自六朝至于隋唐，"美"之一字已经讲究太过了，至李、杜始有变化，但李尚崇建安，又赞美谢朓；杜则主张"清词丽句必为邻"，对于六朝的残膏剩馥，还有点恋恋不舍之意。韩愈却大言自己少时"文章蔑曹、谢"，《县斋有怀》又说晋宋气象日凋耗，齐梁陈隋，众作等于蝉噪（《荐士》），所以他绝对排斥辞藻，甚至趋于极端，故意在那与"美"相反的"丑"上做功夫，与罗丹破坏希腊传统习惯正是同一用意。苏轼说："书之美者莫如颜鲁公，然书法之坏自鲁公始；诗之美者莫如韩退之，然诗格之变自退之始。"刘熙载又说："八代之衰，其文内竭而外侈，昌黎易之以万怪惶惑、抑遏蔽掩，在当时真为补虚消肿良剂。"这话论韩愈的诗也无不可。

他的《元和圣德诗》记刘辟全家就戮的情形："解脱挛索，夹以砧斧，婉婉弱子，赤立伛偻，牵头曳足，先断腰膂。次及其徒，体骸撑拄，末乃取辟，骇汗如泻，挥刀纷纭，争刌脍脯。"这种丑恶的描写，曾引苏辙的反感，说："此李斯颂秦所不忍言，而退之自谓无愧于《雅》《颂》，何其陋也！"张栻替他辩护说："正欲使各藩镇闻之畏惧，不敢为逆。"赵翼从而论之道："二说皆非也，才人难得此等题以发抒笔力，既已遇之，肯不尽力摹写以畅其才思耶？此诗正为此数语而作也。"我则说赵语也不见得对。使李、杜遇此题不见得肯写，即写也必蕴藉些，韩愈如此，无非要借此完成他"以丑为美"的条件罢了，何尝有别的缘故呢。

他的《遣疟鬼》："乘秋作寒热，翁妪所骂讥，求食欧泄间，不知臭秽非！"《月蚀诗效玉川子作》："尧呼大水浸十日，不惜万国赤子鱼头生，女于此时若食日，虽食八九无馋名，赤龙黑鸟烧口热，翎鬣倒侧相搪撑，婪酣大肚遭一饱，饥肠彻死无由鸣。""乌龟怯奸，怕寒缩颈，以壳自遮。终令夸蛾抉汝出，卜师烧锥钻灼满板如星罗！""弊蛙拘送主府官，帝箸下腹尝其膰。"至于《嘲鼾睡》形容澹公和尚的鼾声，令人绝倒，如："顽飚吹肥脂，坑谷相嵬磊，雄哮乍咽绝，每发壮益倍。……铁佛闻皱眉，石人战摇腿……幽寻虱搜耳，猛作涛翻海。……乍如彭与黥，呼冤受菹醢，又如圈中虎，号疮兼吼馁。"都是他卖弄"丑"的手段处。

现在我们再引几处奇崛险怪的句子，以觇韩诗特色：

寻胜不惮险，黔江屡洄沿。瞿塘五六月，惊电让归船，怒水忽中裂，千寻堕幽泉，环回势益急，仰见团团天！(《送灵师》)

山楼黑无月，渔火灿星点，夜风一何喧，杉桧屡磨飐。怵疑在波涛，怵惕梦成魇。(《陪杜侍御游湘西两寺独宿有题一首，因献杨常侍》)

风怒不休何轩轩，摆磨出火以自燔，有声夜中惊莫原，天跳地踔颠乾坤，赫赫上照穷崖垠，截然高周烧四垣，神焦鬼烂无逃门。……雷公擘山海水翻，齿牙嚼啮舌腭反，电光礰磻赪目䁽，顼冥收威避玄根。……命黑螭侦焚其元，天阙悠悠不可援，梦通上帝血面论，侧身欲进叱于阍。帝赐九河湔涕痕，又诏巫阳反其魂，徐命之前问何冤。（《陆浑山火和皇甫湜用其韵》）

凶飙搅宇宙，铓刃甚割砭，日月虽云尊，不能活乌蟾。羲和送日出，恇怯频窥觇，炎帝持祝融，呵嘘不相炎。……啾啾窗间雀，不知已微纤，举头仰天鸣，所愿晷刻淹，不如弹射死，却得亲炰燖。（《苦寒》）

诗翁（谓孟郊）憔悴斸荒棘，清玉刻佩联玦环。脑脂遮眼卧壮士（谓张籍病眼），大弨挂壁无由弯。（《雪后寄崔二十六丞公》）

我心如冰剑如雪，不能刺谗夫，使我心腐剑锋折！决云中断开青天，噫！剑与我俱变化归黄泉！（《利剑》）

还有赵翼指出的《路傍堠》"千以高山遮，万以远水隔"，

《双鸟诗》连用"不停两鸟鸣"四句,《杂诗》运用五个"鸣"字,《赠别元十八协律六首》连用四个"何"字,都是古怪的句法。又韩愈与孟郊、张彻、张籍、轩辕弥明(按:此乃韩自己托名)、侯喜、刘师服等人联句,险怪文句亦不可胜数。

韩愈诗的总评,最好借他自己的话:"横空盘硬语,妥帖力排奡"(《荐士》);"险语破鬼胆,高词媲皇坟。至宝不雕琢,神功谢锄耘"(《醉赠张秘书》);"想当施手时,巨刃磨天扬,垠崖划崩豁,乾坤摆雷硠";"精诚忽交通,百怪入我肠,刺手拔鲸牙,举瓢酌天浆,腾身跨汗漫,不著织女襄"(《调张籍》)。这是他赞美孟郊和李、杜的,但所谓"硬语盘空",孟郊固不足以当,所谓"乾坤雷硠",李、杜也不见得如此故意作闹,我们不如说他在那里自赞吧。

他的诗虽极险怪,读来却并不像樊宗师作品那样佶屈聱牙、章钩句棘,他的诗也颇有斧凿痕迹,读来却很自然,因为他有磅礴的气魄,足以斡旋包举,令人不觉。他与李翱论文有"气,水也。言,浮物也。水大而物之浮者大小毕浮。气之与言犹是也,气盛则言之短长与声之高下者皆宜"。李商隐推崇他道:"公之斯文若元气。"可谓知言!

第十四讲

韩派诗人

所谓韩派诗人,就是几个平日与韩愈唱和的朋友或门下士,作风固不见个个与韩愈相同,但其吟苦思深,不肯作一平常习见语,则都不谋而合,可算诗界一群探险的志士。

第一个我们所要介绍的是孟郊,生于天宝十年(七五一),卒于元和九年(八一四),比韩长十七岁,可以说是韩的一个前辈。字东野,湖州武康人,少隐嵩山。性亦少谐合,年四十六始登进士第。调溧阳尉,县有投金濑、平陵城,林薄蒙翳,下有积水,我们的诗人遂终日来往,坐水旁徘徊赋诗,公事多废。县令没法,只好告府以假尉代他,分其半俸。郑余庆为东都留守,署他为水陆转运判官。余庆镇元兴,奏为参谋,卒。张籍私谥曰:"贞曜先生。"

韩愈平生于朋友少有许可，独一见孟郊便引为忘形交，几于拜倒。其《荐士》（荐孟郊于郑余庆）历叙汉魏诗人至唐，李、杜之下便说"有穷者孟郊，受材实雄骜"。《醉留东野》："我愿身为云，东野变为龙，四方上下逐东野，虽有离别无由逢。"又《双鸟诗》喻自己与东野一鸣而万物皆不敢出声。赵翼说："昌黎本好为奇崛奡皇，而东野盘空硬语，妥帖排奡，趣尚略同，才力又相等，一旦相遇，遂不觉胶之投漆，相得无间。"又说韩与孟"实有资其相长之功"。（《瓯北诗话》）这话很可信。

谈到孟郊平生境遇，甚为坎坷。进士落第二次，年四十六始登一榜。家贫官小，暮年又失其三子。所以他的诗充满一片穷愁贫病的字眼，后人"郊寒"之说即因此而起。我们且看他的诗：

> 贫病诚可羞，故床无新衾。春色烧肌肤，时餐苦咽喉。倦寝意蒙昧，强言声幽柔。承颜自俯仰，有泪不敢流。默默寸心中，朝愁续暮愁！（《卧病》）

> 无子抄文字，老吟多飘零，有时吐向床，枕席不解听。斗蚁甚微细，病闻亦清泠，小大不自识，自然

天性灵。(《老恨》)

夜学晓未休,苦吟神鬼愁。如何不自闲,心与身为雠。死辱片时痛,生辱长年羞。清桂无直枝,碧江思旧游。(《夜感自遣》)

还有"至亲唯有诗,抱心死有归""倾尽眼中力,抄诗过与人""老泣无涕洟,秋露为滴沥""冷露滴梦破,峭风梳骨寒""席上印病文,肠中转愁盘""病骨可剸物,酸呻亦成文""老骨惧秋月,秋月刀剑棱",都可以表现他"寒"的特色。

他的诗也有奇险一路的,如"南山塞天地,日月石上生","天地入胸臆,吁嗟生风雷","手中飞黑电,象外泻玄泉,万物随指顾,三光为回旋"(《送草书献上人归芦山》)。"堕魄抱空月,出没难自裁,虀粉一闪间,春涛百丈雷!……呀彼无底吰,待此不测灾。"(《峡哀》之一)"三峡一线天,三峡万绳泉,上仄碎日月,下掣狂滴涟。破魂一两点,凝幽数百年。"(《峡哀》之三)"峡螭老解语,百丈潭底闻,毒波为计校,饮血养子孙。"(《峡哀》之五)"峡棱剸日月,日月多摧辉,物皆斜仄生,鸟亦斜仄飞。潜石齿相锁，沉魂招莫归！"（《峡哀》之七）语虽如韩，但变化没有韩多，气魄不如韩大。

韩愈替他做的《贞曜先生墓志铭》："及其为诗，刿目钵心，刃迎缕解，钩章棘句，掏擢胃肾，神施鬼设，间见层出。"苦吟态度可想。

他因为被韩愈推许，所以诗名也与韩并，甚至时人有"孟诗韩笔"之说。他自己《戏赠无本》有"诗骨耸东野，诗涛涌退之"之句，赵翼说他想与韩旗鼓相当，不复谦让。但后人则皆抑孟伸韩。苏轼《读孟郊诗》："夜读孟郊诗，细字如牛毛，寒灯照昏花，佳处时一遭。……初如食小鱼，所得不偿劳，又似煮彭蚏，竟日持空螯，要当斗僧清（指贾岛），未足当韩豪。"元好问《论诗绝句》："东野穷愁死不休，高天厚地一诗囚，江山万古潮阳笔，合在元龙百尺楼。"唯《岘佣说诗》能为持平之论，其言曰："孟东野奇杰之笔万不及韩，而坚瘦特甚，譬之偪阳之城，小而愈固，不易攻破也。"

贾岛，字浪仙，范阳人。初为僧，名无本，韩愈劝之返俗，举进士，屡不第。文宗时为长江县主簿，会昌初以普州司仓参军迁司户，未受命而卒。《唐书·本传》说他寿五十六（七八五至八四一）。但郑振铎《中国文学史》、陆侃如《中国诗史》都说他六十五岁，不知何所根据。

他做和尚时便与孟郊、韩愈认识，两人集都有赠他的诗。孟郊《戏赠无本》有"文章杳无底，厥掘谁能根？梦灵仿佛到，对我方与论。拾月鲸口边，何人免为吞？燕僧（指贾岛）摆造化，万有随手奔！"等语，韩愈《送无本师归范阳》有"蛟龙弄角牙，造次欲手揽。众鬼囚大幽，下觑袭玄窞，天阳熙四海，注视首不颔。鲸鹏相摩窣，两举快一啖。……狂词肆滂葩，低昂见舒惨，奸穷怪变得，往往造平淡"等语，可见他作诗时冥搜苦索的认真态度了。不过二人以雄怪许他，实为溢美。他的诗只是寒酸枯槁一路，与孟郊合称为"郊寒岛瘦"倒很相宜。他最得意的"独行潭底影，数息树边身"两句，自注其旁云："两句三年得，一吟双泪流，知音如不赏，归卧故山秋。"其实并不见得怎样出色。唯"鸟宿池边树，僧敲月下门""秋风吹渭水，落叶满长安"则颇佳。唐张为撰《诗人主客图》以孟郊为清奇僻苦主，清李怀民别撰《重订中晚唐诗主客图》则以这名义归之贾岛。但他的诗与孟郊相比正如孟浩然之于王维，《岘佣说诗》道："孟郊、贾岛并称，……然贾万不及孟，孟坚贾脆，孟深贾浅故也。"《野鸿诗的》："阆仙得名，偶为退之一吹奖耳，考其平生所作，何足流传？"

今更引其《朝饥》一首：

> 市中有樵山，此舍朝无烟，井底有甘泉，釜中乃空然。我要见白日，雪来塞青天，坐闻西床琴，冻折两三弦。饥莫诣他门，古人有拙言。

还有个以奇涩著名的樊宗师，平生作文数百篇，诗七百六十九篇，今仅存文二、诗一。韩愈最佩服他，曾为文荐之，又替他做墓志，有"多矣哉，古未尝有也！然而必出于己，不袭蹈前人一言一句又何其难也！"又说："惟古于词必己出，降而不能乃剽贼。"韩愈《答刘正夫书》和《进学解》，揭橥"师其意，不师其辞""惟陈言之务去"的主张，恐怕是受樊宗师的影响。

樊氏的《绛守居园池记》（载陶宗仪《南村辍耕录》），宋王晟、刘忱、赵仁举尝为解释，元陶宗仪、清孙之骐又为之句读，但我们还是难得明了。看他记园池门上画图一段："西南有门曰虎豹：左画虎搏立，万力千气底发，巍匿地，努肩脑，口牙㤹抗。雹火雷风，黑山震将合。右胡人髯，黄帒累珠丹碧锦袄，身刀，囊靴，柭绦，白豹玄斑，铁距，掌胼，意相得。"又写园景一段："樵途坞径幽委，虫鸟声，无人，风日灯火之。昼夜漏刻，诡姁绚化，大小亭饱池渠间。"（旧句读尚多不合，今略改）《蜀绵州越王楼诗序》"蹇蹇予始登，谓日月昏晓，可窥其背，雷电合，风云遇，霜辛露酸，星辰介行，鬼神变化，草木显绣"，以一串名词、动词、形容词，组成短峭的句法，倒有些像现在西洋未来派或感兴派的体制。他之诗之生涩奇奥，想比韩愈还甚几倍。

由险怪而走入魔道的是卢仝、马异、刘叉、皇甫湜几个人。

卢仝，范阳人，自号玉川子，征谏议不起。后因宿王涯第，罹甘露之祸（八三五）。他寄居洛阳时，韩愈为河南县令（八一〇），因与其认识。所谓"玉川先生洛城里，破屋数间而已矣；一奴长须不裹头，一婢赤脚老无齿"的赠诗就是那时作的。他最著名的作品是《月蚀诗》，说者谓为讥元和逆党，诗长一千八百余字，句法长短不等，用了许多很有趣的譬喻，说了许多怪话。今引其写月食光景一段如下：

《喜逢郑三游山》 卢仝

新天子即位五年，岁次庚寅（宪宗元和五年，八一〇），斗柄插子，律调黄钟。森森万物夜僵立，寒气飂戾顽无风，烂银盘从海底出，出来照我草屋东。天色绀滑凝不流，冰光交贯寒朣胧，初疑白莲花，浮出龙王宫，八月十五夜，比并不可双。此时怪事发，有物吞食来，轮如壮士斧斫坏，桂似雪山风拉摧。百炼镜，照见胆，平地埋寒灰。火龙珠，飞出脑，却入蚌蛤胎。摧环破璧眼看尽，当天一搭如谋燴。磨踪灭迹须臾间，便似万古不可开。不料至神物，有此大狼狈！星如撒沙出，争头事光大，奴婢炷暗灯，掩荧如珉瑶，今夜吐焰长如虹，孔隙千道射户外。

这虽"信口开河"，还算有点结构，至于《与马异结交诗》便想入非非，不知所云了。古人嘲他的诗如乞儿唱莲花落，一搭一搭，只是随口瞎诌，元好问也不以他为然，《论诗绝句》："万古文章有坦途，纵横谁似玉川卢，真书不入今人眼，儿辈从教鬼画符！"但他的诗也算一种空前的创格，宋欧阳修曾仿之作《鬼车诗》，明刘基又作《二鬼诗》，清袁枚也作《为王寿峰题问天图仿玉川体》，可见他对后代诗人并非毫无影响。

马异，河南人。诗仅存四首。《答卢仝结交诗》中有"此诗峭绝天边格，力与文星色相射，长河拔作数条丝，太华磨成一拳石"。又"喙长三尺不得语"等句，可见诗风之一斑。

刘叉，少任侠，因酒杀人，亡命，会赦出，更折节读书。闻韩愈接天下士，步归之，作《雪车》《冰柱》二诗。他与孟郊、卢仝相识（集中有赠诗）想在此际。后以争语不能下宾客，因持愈金数斤去，说道："此谀墓中人得耳，不若与刘君为寿。"归齐鲁，不知所终。

他的《偶书》："日出扶桑一丈高，人间万事细如毛。野夫怒见不平处，磨损胸中万古刀！"又《姚秀才爱予小剑因赠》："一条古时水，向我手心流。临行泻赠君，勿薄细碎仇！"《烈士咏》："烈士或爱金，爱金不为贫，义死天亦许，利生鬼亦嗔。"都可表现他的性格。《自问》："酒肠宽似海，诗胆大于天"，后五字可说险怪派的总评。

韩愈门下的诗人尚有张籍、皇甫湜、李翱等。张籍的诗以清真雅正为主，与韩之险怪异趣；李翱存诗不多，亦无特色，故只说皇甫湜。

皇甫湜，字持正，睦州新安人，擢进士第，仕至工部

《岸花》 张籍

郎中。他性情狂躁，除了替裴度做修福先寺碑文一字三缣的报酬尚不满意的故事外，还有可笑逸事：《唐书·本传》说他尝为蜂螫指，购小儿敛蜂捣取其汁。命子录诗，一字误，诟跃呼杖，杖未至，啮其臂血流。他的《出世篇》合卢仝、韩愈为一手，而语意之狂放则显露自己特性。像那"生当为大丈夫，断羁罗，出泥涂，四散号呶，俶扰无隅。埋之深渊，飘然上浮，骑龙披青云，泛览游八区；经太山、绝大海，一长吁。西摩月镜，东弄日珠，上括天之门，直指帝所居"，是用韩散文作法。又如"旦旦狎玉皇，夜夜御天姝，当御者几人，百千为番，宛宛舒舒。忽不自知，支消体化膏露明，湛然无色茵席濡！俄而散漫，裴然虚无；翕然复抟，抟久而苏。精神如太阳，霍然照清都。四肢为琅玕，五脏为璠玙，颜如芙蓉，顶为醍醐。与天地相终始，浩漫为欢娱。下顾人间，溷粪蝇蛆"，则又乱逞狂言，走入魔道，如卢仝了。

第十五讲

功利派首创者白居易

人类的神经长久平静，乍受外界的大刺激便引起非常的兴奋，甚至陷于错乱的状态。及刺激不断袭来，神经禁受不起，就暂时变成麻木，借以自卫。这样经过多时以后，神经的能力稍稍恢复，又遇着刺激，便又会引起反应。但第二度的反应，来势每比第一度和缓，而且能养成深沉周密的内省功夫，练就对付艰难的能力，所谓"人生的经验"便是这样来的。

开、天长期太平之后，忽然有安禄山之变，一般人们受此意外打击，只觉得惊恐、愤怒、忧愁、悲哀，种种情感，一时并集，发之诗歌也就如万窍怒号，如怒涛鼓荡，表现心灵极度的不平衡，与神经异常的兴奋。后来大乱虽平，宦官、藩镇、外患成为连环表现的喜剧，"司空见惯浑闲事"，不容易再牵动情感了。而且时局日非，救亡无术，诗人们心灰也日甚，不知不觉把以前的激昂慷慨消磨于乌有之乡，都走上啸歌诗酒、盘桓风月的颓废路上去。连杜甫入秦州时也说"唐尧真自圣，野老复何知"，何况其他诗人呢。大历后十余年诗人们又离开了现实的人生，躲入艺术的小天地里，无非为此。

代宗时是偷安的局面，到德宗时连偷安都不成了。拥有重兵的藩镇如朱滔、王武俊、田悦、李纳、李希烈自称王号，四出攻掠。兵连祸结，苛税繁兴，民不聊生，人心思乱。其后泾原诸道军奉朱泚为帝，公然叛于辇阙之下，逼得德宗不得不出奔，可算安禄山、吐蕃以后第三次的大祸。后来藩镇分化愈多，朝廷领土一年狭似一年，税赋所入一天少似一天，中央政府威权不过行于数省，其余都在那些"土皇帝"手里了。

宪宗即位后，极力想法裁制藩镇的势力，数年间讨平刘辟、杨惠琳、李锜、王承宗、田兴、吴元济、李师道各强镇。任用裴垍、李藩、李绛、裴度一班贤相，浸成中兴之局，这时政治上很有蓬勃的活气，诗人灰冷的心不觉随之而热，说话的兴趣也因之而浓，诗坛又要涌起一度壮阔的波澜来了。像韩愈便兴高采烈去作他的《元和圣德诗》《平淮西碑》，还想劝皇帝定乐章，告神明，封禅泰山，奏功皇天，借此展施自己润色鸿图的大手笔。但另一派诗人像白居易和元稹等，于瞻眺这缥缈的光荣前途之余，回想过去五六十年的痛苦，察看目前累朝遗留的积弊，觉得未可乐观。于是想借文字之功，来做一番裨益政教的工作，"人生艺术"的呼声便应运而生了。他们同是受杜甫的影响，但比杜甫还进一步。杜甫那些时事诗，是一时刺激的反应，是客观的描写；而元、白一派却是"痛定思痛"的反应，是主观的讽谕。杜甫的态度是消极的，元、白则是积极的，杜甫的思想没有成为系统，元、白则成为系统。所以杜甫仅是个写实艺术家，元、白则为功利主义的艺术家。

白居易（七七二至八四六），字乐天，下邽人，贞元十四年（七九八）进士。补校书郎。元和二年（八〇七）召入为翰林学士，明年拜左拾遗。以言事贬江州司马，徙忠州刺史。元和十四年（八一九）召还京师，明年升主客郎中，与元稹同知制诰。长庆元年（八二一）转中书舍人。复乞外，历苏杭二州刺史。文宗立，以秘书监召迁刑部侍

《晚秋闲居》 白居易

郎，俄移病，除太子宾客，分司东都，拜河南尹。开成初（八三六）起为同州刺史，不拜，改太子少傅。会昌初以刑部尚书致仕，六年（八四六）卒，寿七十四。

他长庆前所作诗手编为五十卷，号《白氏长庆集》，后又加《后集》二十卷、《续后集》五卷，共为七十五卷，凡诗三千八百四十首。（今存七十一卷，三千六百八十八首）以量数言已超轶前代任何诗人了。内容则他自分为"讽谕""闲适""感伤"大三类。（《长庆后集》则唯以"格诗""律诗"分卷。）

白居易对"讽谕类"的诗，最自看重，平生的力量，可说都尽在这方面。他有与元稹论诗的长信，可说是他的一篇最重要的"文学宣言书"，也是文学史上一篇极有价值的作品。大略说采诗官废，六义始缺之后，由楚、汉至于晋宋、梁陈，所有作品都离开人生，甚至嘲风雪、弄花草，变成一种不足轻重的玩意。"唐兴二百年，其间诗人不可胜数。所可举者，陈子昂有《感遇诗》二十首，鲍防有《感兴诗》十五首。又诗之豪者，世称李、杜。李之作，才矣，奇矣，人不逮矣。索其风雅比兴，十无一焉。杜诗最多，可传者千余首……然撮其《新安吏》《石壕吏》《潼关吏》《塞芦子》

《留花门》之章，'朱门酒肉臭，路有冻死骨'之句，亦不过三四十首，杜尚如此，况不逮杜者乎？"所以"常痛诗道崩坏，忽忽愤发，或食辍哺，夜辍寝，不量才力，欲扶起之……自登朝来，年齿渐长，阅事渐多，每与人言，多询时务，每读书史，多求理道，始知文章合为时而著，歌诗合为事而作"。他的全部文学主张可说包括在"文章合为时而著，歌诗合为事而作"十四个大字里。

他与元稹合作《策林》七十五篇，主张恢复周代采诗制度，作为采访民意的机关。还有做府试官时所拟《进士策问》《新乐府》中的"采诗官"都是同一用意。有了这种机关，而后他们的讽谕作品始在政治上发生效果，不然也还是"空文"罢了。

他的讽谕诗中最重要的是《新乐府》五十首和《秦中吟》十首。还有《哭孔戡》《寄唐生》《宿紫阁山北村》《凶宅》《梦仙》等一共有一百七十二首。

《新乐府》作于元和四年（八〇九）为左拾遗时。《与元九书》说："是时皇帝初即位，宰府有正人。屡降玺书，访人急病。仆当此日，擢在翰林，身是谏官，月请谏纸，启奏之外，有可以救济人病，裨补时阙，而难于指言

《友人夜访》 白居易

者辄咏歌之，欲稍稍递进闻于上，上以广宸听，副忧勤；次以酬恩奖，塞言责；下以复吾平生之志。"《新乐府》自序则说："其辞质而径，欲见之者易谕也；其言直而切，欲闻之者深诫也；其事核而实，使采之者传信也；其体顺而肆，可以播于乐章歌曲也。总而言之，为君、为臣、为民、为物、为事而作，不为文而作也。"这五十首《新乐府》有关于政治问题的，有关于社会问题的，有关于妇女问题的，有关于阶级问题的。其中固然有的是迂腐的见解，如《法曲》《立部伎》《华原磬》《五弦弹》之刺夷乐乱华夏正声；《驯犀》《蛮子朝》《骠国乐》之反对怀汇远人之道。但如《道州民》《捕蝗》《杜陵叟》《卖炭翁》《新丰折臂翁》《上阳白发人》《母别子》《太行路》，却都是大胆而有特识的议论。今引《卖炭翁》一首：

卖炭翁，伐薪烧炭南山中。满面尘灰烟火色，两鬓苍苍十指黑。卖炭得钱何所营？身上衣裳口中食。可怜身上衣正单，心忧炭贱愿天寒。夜来城外一尺雪，晓驾炭车辗冰辙。牛困人饥日已高，市南门外泥中歇。翩翩两骑来是谁，黄衣使者白衫儿。手把文书口称敕，回车叱牛牵向北。一车炭、千余斤,宫使驱将惜不得。半匹红纱一丈绫,系向牛头充炭直。

《秦中吟》自序说:"贞元、元和之际,予在长安,闻见之间有足悲者,因直歌其事,命为秦中吟。"其中《重赋》写贫民生活:"岁暮天地闭,阴风生破村,夜深烟火尽,霰雪白纷纷。幼者形不蔽,老者体无温,悲喘与寒气,并入鼻中辛。"又写官库之富厚:"缯帛如山积,丝絮如云屯,号为羡余物,随月献至尊。夺我身上暖,买尔眼前恩。进入琼林库,岁久化为尘。"《伤宅》:"厨有臭败肉,库有贯朽钱……问尔骨肉间,岂无穷贱者,忍不救饥寒!"《轻肥》:"樽罍溢九酝,水陆罗八珍……是岁江南旱,衢州人食人!"《歌舞》:"秋官为主人,廷尉居上头,日中为一乐,夜半不能休。岂知阌乡狱,中有冻死囚。"《买花》:"有一田舍翁,偶来买花处,低头独长叹,此叹无人喻。一丛深色花,十户中人赋。"都可算得极好的社会主义文学。

我们现在再引他讽谕诗中《宿紫阁山北村》一首,以见那时武人的横暴:

《长门怨》 白居易

晨游紫阁峰，暮宿山下村，村老见余喜，为余开一尊。举杯未及饮，暴卒来入门，紫衣挟刀斧，草草十余人。夺我席上酒，掣我盘中飧，主人退后立，敛手反如宾！中庭有奇树，种来三十春，主人惜不得，持斧断其根。口称采造家，身属神策军，主人慎勿语，中尉正承恩！

我们的诗人抱着如火热忱，替这班被压迫的民众喊叫，原想借此造成正当舆论的空气，好达到他"救济人病，裨补时阙"的宗旨，谁知"志未就而悔已生，言未闻而谤已成"，于是像他《与元九书》说："凡闻仆《贺雨诗》，而众口籍籍，已谓非宜矣。闻仆《哭孔戡诗》，众面脉脉，尽不悦矣。闻《秦中吟》，则权豪贵近者相目而变色矣。闻《登乐游园》寄足下诗，则执政柄者扼腕矣。闻《宿紫阁村诗》则握军要者切齿矣。大率如此，不可遍举，不相与者号为沽誉，号为诋讦，号为讪谤；苟相与者则如牛僧孺之戒焉，乃至骨肉妻孥皆以我为非也！"

近来有人评他的讽谕诗，说这类作品的短处，在语气太质直，乏蕴藉之致；而千篇一律的"卒章显其志"的办法，也易引起一部分读者的不快。但白居易在《新乐府》序文里早已替自己留下辩护的地步。况且这类诗是他独创的体裁，正要以质直显露见长，我们何能轻下评论？汪立名引海虞冯班的话，说："白公讽刺诗，周详明直，娓娓动人，自创一体，古人无是，盖出于《小雅》也。"（汪编《白香山诗集》）读者正须注意这"自创一体，古人无是"八个字。

次则我们要论他的"闲适类"的作品。这也是他自己所喜欢的。《与元九书》说："今仆之诗，人所爱者悉不过杂律诗与《长恨歌》已下耳。时之所重，仆之所轻，至于讽谕者意激而言质，闲适者思淡而词迂，以质合迂，宜人之不爱也。"

在诗人中，白居易与陶潜性情可说最相近了。陶潜的胸襟冲和恬淡，但也有咏荆轲的篇什，白居易会作激直的讽谕诗，却也会作悠闲自得的闲适诗。他平生最爱陶潜，曾作效陶体诗十六首，在江州刺史任上有《访陶公旧宅》等诗。他说："我生君之后，相去五百年，每读《五柳传》，目想心拳拳。……不慕尊有酒，不慕琴无弦，慕君遗荣利，老死此丘园。"他又爱韦应物。《自吟拙什因有所怀》："时时自吟咏，吟罢有所思，苏州及彭泽，与我不同时。"《题

《自述》 白居易

浔阳楼》："常爱陶彭泽，文思何高玄，又怪韦江州，诗情亦清闲。"他的随遇而安，易于满足，都可以看出他和平淡泊的天性。像他的诗：

> 门前少宾客，阶下多松竹，秋景下西墙，凉风入东屋。有琴慵不弄，有书闲不读，尽日方寸中，澹然无所欲。何须广居处，不用多积蓄，丈室可容身，斗储可充腹。况无治道术，坐受官家禄，不种一株桑，不锄一垄谷，终朝饱饭餐，卒岁丰衣服，持此知愧心，自然易为足。（《秋居书怀》）

> 朝饮一杯酒，冥心合元化，兀然无所思，日高尚闲卧。暮读一卷书，会意如嘉话，欣然有所遇，夜深犹独坐。又得琴上趣，安弦有余暇，复多诗中狂，下笔不能罢。唯兹三四事，持用度昼夜，所以阴雨中，经旬不出舍。始悟独往人，心安时亦过。（《效陶潜体诗十六首》其三）

《扪虱新话》："山谷尝谓白乐天、柳子厚俱效陶渊明作诗，而惟柳子厚诗为近。然以予观之，子厚语近而气不近，乐天气近而语不近……各得其一。"

他的"感伤诗"编为一百首,脍炙人口的《长恨歌》《琵琶行》都收容在内。其格诗律诗名作极富,不具论。

白居易诗的特点在平易二字,所谓"白俗",所谓"老妪都解",与韩愈的险怪立在正相反对的地位。他寄韩愈的诗曾说:"近来韩阁老,疏我我心知;户大嫌甜酒,才高笑小诗。"可见韩派诗人对付他的态度了。但他的诗实较韩派真实,近人情。赵翼说:"中唐诗以韩、孟、元、白为最。韩、孟尚奇警,务言人所不敢言。元、白尚坦易,务言人所共欲言。试平心论之,诗本性情,当以性情为主,奇警者犹第在词句间争难斗险,使人荡心骇目不敢逼视,而意味或少焉。坦易者多触景生情,因事起意,眼前景,口头语,自能沁人心脾,耐人咀嚼,此元、白较胜于韩、孟。世徒以轻俗訾之,此不知诗者也。"这可算是很有见解的批评。

因为诗具平易的特点,所以白居易在当时便成了一个大众诗人。元稹《白氏长庆集序》曾说:"……然而二十年间禁省观寺邮候墙壁之上无不书,王公妾妇牛童马走之口无不道,至于缮写模勒炫卖于市井,或持之以交酒茗者处处皆是。(《丰年录》:"开成中物价至贱,村路卖鱼肉者俗人买以胡绡半尺,士大夫买以乐天诗。")其甚者有至于盗窃名姓,苟求自售,杂乱间厕,无可奈何。予尝于平水市中见村校诸童竞习歌咏,召而问之,皆对曰:先生教我乐天、微之诗……又鸡林贾人求市颇切,自云本国宰相每以百金换一篇,其甚伪者宰相辄能辨之。"白居易《与元九书》也说:"日者又闻亲友间说,礼吏部举选人,多以仆私试赋判传为准的。其余诗句亦往往在人口中。仆恧然自愧,不之信也。及再来长安,又闻有军使高霞寓者欲聘倡妓,妓大夸曰:'我诵得白学士《长恨歌》,岂同他妓哉?'由是增价。……又昨过汉南日,适遇主人集众乐娱他宾。诸妓见仆来,指而相顾曰:'此是《秦中吟》《长恨歌》主耳。'自长安抵江西三四千里,凡乡校佛寺逆旅行舟之中,往往有题仆诗者,士庶僧徒孀妇处女之口,每有咏仆诗者。"其流传之盛,只有宋代一个凡有井水饮处无不歌的柳永的词可以相比。

但他的诗虽然平易,艺术却并不平易,他《自吟拙什因有所怀》云:"诗成淡无味,多被众人嗤,上怪落声韵,下嫌拙言词。"其实是自谦的话。《潩南诗话》:"乐天之诗,情致曲尽,入人肝脾,随物赋形,所在充满,殆与元气相侔。至长韵大篇,动数百千言,而顺适惬当,句句如一,无争张牵强之态,此岂捻断吟须,悲鸣口吻者之所能至哉?而世或以浅易轻之,盖不足与言矣。"《瓯北诗话》也说他的古体"令人心赏意惬,得一篇辄爱一篇,几于不忍释手。……惟意所之,辨才无碍,且其笔快如并剪,锐如昆刀,无不达之隐,无稍晦之词。工夫又锻炼至洁,看是平易,其实精纯,刘梦得所谓'郢人斤斫无痕迹,仙人衣裳弃刀尺'者"。

第十六讲

白派诗人

与白居易唱和的有元稹、刘禹锡、李绅、杨巨源、卢拱、张籍等人。其中元稹是白氏文学上最忠实的同志,当时并称元、白。至今论白氏诗者,也必与元并举。

元稹(七七九至八三一),字微之,河南人。九岁善属文。少年登"才识兼茂明于体用"科第一。除左拾遗、监察御史,以敢言得罪执政,贬江陵士曹掾。徙通州司马。元和十四年(八一九)被召返京。穆宗为太子时,宫人常诵稹诗,号为"元才子"。即位后得稹诗数百篇,召为祠部郎中,知制诰。两年之后即登相位。以资望太浅,朝野哗笑,裴度又与他交恶。为相才三个月,便与裴度同时罢。太和初为尚书左丞,次年为户部尚书兼鄂州刺史,御史大夫，武昌军节度使，卒年五十二。

元稹与白居易同时登科第，俱授校书郎，所以交情隆厚，白集名《白氏长庆集》，他的即名《元氏长庆集》。白居易有一篇《与元九书》，自叙文学主张，他也有一篇《叙诗寄乐天书》。胡适说这书中自述早年作诗的政治社会的背景，最可帮助我们了解当时一班诗人作"讽谕"诗的动机。他在十五六岁时所见藩镇的罪恶不可胜数，像十余年不入朝，任职终身；豪将愎卒杀主帅而即请自帅；厚植羽党自固与联结蛮夷自重；视一境如一室；刑杀其下不啻仆畜；厚敛于民，名为进奉实入私囊；京城之中厚置房宇产业，建筑佛老庙宇，大兴土木。那时朝廷大臣以谨慎不言为朴雅，直臣义士则抑塞不得进言。"仆时孩骏，不惯闻见，独于书传中初习理乱萌渐，心体悸震若不可活，思欲发之久矣。"适有人示他陈子昂《感遇诗》二十首，他很受感动。后又得杜甫诗数百首，"爱其浩荡津涯处处臻到，始病沈、宋之不存寄兴，而讶子昂之未暇旁备矣"。他早年受杜甫的启示，便倾向人生主义的文学。登朝以后恰值政治上轨道，国事前途大有希望，又交结了一个白居易，便决心提倡文学运动，以为匡时之助。后来他做左拾遗，果然干了几件全藩

《菊花》 元稹

镇和势宦侧目的事。如奏举东川节度使严砺违诏过赋数百万,枉法没入平人资产八十余家;浙西观察使韩皋使军将封杖打杀县令。又奏武宁王绍护送监军孟升丧乘驿,纳丧邮中,吏不敢止;内园擅系人逾年;河南尹诬杀诸生尹太阶;飞龙使诱亡命奴为养子;田季安盗取洛阳衣冠女;汴州没入死贾钱千万。他又不怕宦官,与中使刘士元争厅,至被踢破驿门,夺去鞍马,受弓矢吓辱;又被仇士良击败面。但宰相反说他年少轻树威,失宪臣体,而将他贬为江陵士曹参军。这位骨鲠的青年谏官,遭了这样的挫折,文学运动的心反而更热。他之成为白居易一个忠实同志,少年时志趣固有关系,政治上的失败,也有玉成之力。

他与白居易、李绅等唱和讽谕诗甚多。以《连昌宫词》为最著。借一个宫边老翁说出天宝年间玄宗、贵妃的故事,一盛一衰,形容尽致。结尾诗人发议论道:

> 我闻此语心骨悲,太平谁致乱者谁?翁言野父何分别,耳闻眼见为君说,姚崇宋璟作相公,劝谏上皇言语切。燮理阴阳禾黍丰,调和中外无兵戎。长官清平太守好,拣选皆言由相公。开元之末姚宋死,朝廷

渐渐由妃子。禄山宫里养作儿,虢国门前闹如市。弄权宰相不记名,依稀忆得杨与李。庙谟颠倒四海摇,五十年来作疮痏。今皇神圣丞相明,诏书才下吴蜀平。官军又取淮西贼,此贼亦除天下宁。年年耕种宫前道,今年不遣子孙耕。老翁此意深望幸,努力庙谟休用兵。

《容斋随笔》说:"元微之、白乐天在唐元和、长庆间齐名。其赋咏开宝时事,《连昌宫词》《长恨歌》皆脍炙人口,使读之者情性荡摇,如身生其时,亲见其事,殆未易以优劣论也。然《长恨歌》不过述明皇追怆,贵妃始末,无他激扬,不若《连昌宫词》有监戒规讽之意,如云:'姚崇宋璟作相公……五十年来作疮痏。'其末章及官军讨淮西,乞庙谟休用兵之语,盖元和十一、二年间所作,殊得风人之旨,非《长恨》比云。"

张籍本是韩愈的好友,但诗的作风不类,前已提过。他晚年与白居易交游甚密,白集中有许多赠他的诗,所以他可算是白派诗人。

张籍,字文昌,苏州吴人,或曰和州乌江人。贞元十五年(七九九)进士。授太常寺太祝,久之迁秘书郎。韩愈荐为国子博士。历水部员外郎、主客郎中，世称张水部。终国子司业。为诗长于乐府，所以集中乐府为题的诗几占三分之一。不过他作乐府不像李白借此发其才气，倒有杜甫啄叹时事的精神。《云仙杂记》说他尝取杜甫诗焚之以灰烬，副以膏蜜，频饮之曰"令吾肝肠从此改易"，可见他是怎样倾倒于杜甫了。白居易有《读张籍古乐府》一诗云："张君何为者？业文三十春，尤工乐府诗，举代少其伦。为诗意如何？六义互铺陈。风雅比兴外，未尝著空文。读君《学仙诗》，可讽放佚君。读君《董公诗》，可诲贪暴臣。读君《商女诗》，可感悍妇仁。读君《勤齐诗》，可劝薄夫敦。上可裨教化，舒之济万民，下可理情性，卷之善一身。"他的乐府词：

老农家贫在山住，耕种山田三四亩，苗疏税多不得食，输入官仓化为土。岁暮锄犁傍空室，呼儿登山收橡实。西江贾客珠百斛，船中养犬长食肉！（《野老歌》）

促促复促促，家贫夫妇欢不足，今年为人送租船，去年捕鱼在江边，家中姑老子复小，自执吴绡输税钱。家家桑麻满地黑，念君一身空努力，愿教牛蹄团团羊

角直，君身常在应不得。(《促促词》)

这与白居易《新乐府》中《杜陵叟》《盐商妇》《卖炭翁》何等相似。

《元稹集》有《和李校书新题乐府》《上阳白发人》《华原磬》等十二首，序道："予友李公垂，贶予乐府新题二十首，雅有所谓，不虚为文，予取其病时之尤急者，列而和之，盖十二而已。"按李公垂即李绅，元稹和了他的《新乐府》，白居易也和了。而且白氏更推而广之，至于五十首，九千二百五十一言。他们受李绅的启示，不为不大，则李绅也可算白派诗人之一。

李绅，字公垂，润州无锡人，为人短小精悍，于诗最有名，时号"短李"。元和初登进士第，补国子助教，不乐辄去。李锜（镇海节度使）辟掌书记。锜欲反，不为草檄，几被害。穆宗召为右拾遗、翰林学士，与李德裕、元稹同时号"三俊"。官至同平章事，尚书右仆射，封赵郡公，卒赠太尉，谥文肃。

他现存《追昔游诗》三卷、《杂诗》一卷，乐府诗已不传了。

唯《全唐诗话》载："绅初以《古风》求知于吕温，温见其齐煦，诵其《悯农诗》曰：'春种一粒粟，秋收万颗子。四海无闲田，农夫犹饿死！''锄禾日当午，汗滴禾下土。谁知盘中餐，粒粒皆辛苦！'又曰：'此人必为卿相。'果如其言。"这两首小诗价值不在元、白长篇乐府之下。

现在我们再介绍两个内容不与白派相同而形式相同的诗人，一个是中唐诗坛有名的刘禹锡，一个是不大出名的徐凝。

刘禹锡（七七二至八四二），字梦得，彭城人，贞元九年（七九三）进士，登博学宏词科。王叔文用事，引入禁中。叔文败，坐贬连州刺史，在道贬朗州司马。十余年召还。将置之郎署，又以《玄都观桃花》及《再游玄都观》讥刺执政，两度外放。会昌初加检校礼部尚书。卒年七十。

禹锡素善诗，晚节尤精，不幸坐废，偃蹇寡所合，乃以文章自适。与白居易酬复颇多，有《刘白唱和集》。居易尝叙其诗道："彭城刘梦得诗豪者也，其锋森然，少敢当者。"又说其诗："在在处处，应当有灵物护之。"刘禹锡与柳宗元交谊最笃，但因与白居易、元微之唱和太多之故，作风也趋向平易，不似柳之清峭。如《月夜忆乐天兼寄微之》：

《夜泊湘川》 刘禹锡

今宵帝城月，一望雪相似。遥想洛阳城，清光正如此。知君当此夕，亦望镜湖水。展转相忆心，月明千万里！

至于《苏州白舍人寄新诗有叹早白无儿之句因以赠之》："雪里高山头白早，海中仙果子生迟。"《洛中逢白监同话游梁之乐因寄宣武令狐相公》："少有一身兼将相，更能四面占文章。"《和留守令狐相公答白宾客》："身无拘束起长晚，路足交亲行自迟。"《春日书怀寄东洛白二十二杨八二庶子》："眼前名利同春梦，醉里风情敌少年。"俨然是元、白的口吻，后来袁枚的诗也是这一路。

但刘禹锡还有他自己的贡献。他十余年窜谪蛮荒中，常取民歌的音节和情致作《杨柳枝词》《竹枝词》《踏歌词》，得到异常的成就。

杨柳青青江水平，闻郎江上唱歌声。东边日出西边雨，道是无晴却有晴！（《竹枝词二首》其一）

山桃红花满上头，蜀江春水拍山流。花红易衰似郎意，水流无限似侬愁。（《竹枝词九首》其二）

江上朱楼新雨晴,瀼西春水縠文生。桥东桥西好杨柳,人来人去唱歌行。(《竹枝词九首》其三)

日出三竿春雾消,江头蜀客驻兰桡。凭寄狂夫书一纸,家住成都万里桥。(《竹枝词九首》其四)

他的《竹枝词九首》自序道:"四方之歌,异音而同乐。岁正月,余来建平,里中儿联歌《竹枝》,吹短笛,击鼓以赴节。歌者扬袂睢舞,以曲多为贤。聆其音中黄钟之羽,卒章激讦如吴声,虽伧儜不可分,而含思宛转,有淇奥之艳。昔屈原……作《九歌》……故余亦作《竹枝词》九篇,俾善歌者飏之,附于末。后之聆巴歈,知变风之自焉。"后来诗人常以异乡风土作为竹枝词,充分利用民歌风格,可说是刘禹锡遗下的影响。

刘氏因为汲取民歌风格,居然能推陈出新,又替诗歌增加了几种新体裁。如:

斑竹枝,斑竹枝,泪痕点点寄相思。楚客欲听瑶瑟怨,潇湘深夜月明时。(《潇湘神》)

春去也,共惜艳阳年。犹有桃花流水上,无辞竹

第十六讲 白派诗人

叶醉尊前，惟待见青天！(《忆江南》)

水，至清，尽美。从一勺，至千里。利人利物，时行时止。道性净皆然，交情淡如此。君游金谷堤上，我在石渠署里，两心相忆似流波。潺湲日夜无穷已。(《叹水别白二十二》一韵至七韵)

徐凝，睦州人。他咏庐山瀑布"今古长如白练飞，一条界破青山色"，被苏轼诮为"恶诗"，在唐时诗名也不大。他有《寄白司马》《答白公》及和白诗数首。《和秋游洛阳》云："洛阳自古多才子，唯爱春风烂漫游，今到白家诗句出，无人不咏洛阳秋。"《自鄂渚至河南将归江外留辞侍郎》："一生所遇唯元、白，天下无人重布衣。"《和侍郎邀宿不至》："料得白家诗思苦，一篇诗了一弹琴。"因为他对元、白这样倾倒，所以诗风极其相似，可以说是中唐一个白话诗人。

游客远游新过岭，每逢芳树问芳名。长林遍是相思树，争遣愁人独自行！(《相思林》)

古树欹斜临古道，枝不生花腹生草。行人不见树

《庐山瀑布》 徐凝

少时,树见行人几番老。(《古树》)

宝镜磨来寒水清,青衣把就绿窗明。潘郎懊恼新秋发,拔却一茎生两茎!(《览镜词》)

第十七讲

唯美文学启示者李贺

　　元和、长庆以后诗坛风气又起了一重大变化，即由人生文学改而为艺术文学，由男性文学又变成女性文学了。这种文学外表无非绮罗香泽，内容不外月意云情，而色泽必艳丽，音节必浏亮，结构必完密，好像以"美"为唯一条件，故我们可以喊它为唯美文学。

　　为什么唯美文学在这时候发达起来呢？我以为也有它的时代社会背景。

　　一则为言论之不自由。宪宗即位之初朝纲大振，颇有中兴气象，使文人久臻灰冷之希望为之复苏。况且那时言论尚可随意，故元、白可以打起人生文学的旗帜，随便发表他们的讽谕作品。以后朝廷上成了宦官和朋党的世界，言论就不能像这样自由了。宦官自德宗时，握有神策军权，藩帅多由此军简任，台省清要亦多出其门。内外勾结，根深蒂固，炙手可热，气焰熏天。甚至连弑宪宗、敬宗，天子由其自由拥立，自称"定策国老"，帝皇为之"门生"。文宗太和二年（八二八），刘蕡对策极言宦官罪恶，有宫闱将变，天下将倾，海内将乱之语。考官冯宿、贾𫗧、庞元等皆嗟伏，士人读其辞至感慨流涕，而宦官大怒，谓："朝廷名器岂可与此疯汉！"刘蕡竟下第，并被宦官诬以罪，远贬柳州司户参军而卒。甘露之变，宦官族诛宰相王涯、贾𫗧等二千余人，文宗阳喑纵酒，饮恨吞声，而莫可如何。天下虽痛愤，唯以其势力太大，手段太毒，无人敢斥其恶。像白居易作《宿紫阁山北村》那时宦官不过不悦而已，这时候便会惹杀身之祸。至于朋党，则宪宗时有裴度与李逢吉交恶，穆宗时有裴、元（稹）之倾轧，敬宗时有牛（僧孺）、裴之互斥，文宗时有二李（宗闵与德裕）之交攻，而李德裕与牛僧孺两党之钩心斗角，互相排挤，更如水火之不相容，父母之仇之不并立。那时文人学士周旋二党之间，发言稍一不慎，便可累及一生。即有感慨，岂敢明白宣露？况此时朝政日非，文人又由希望而转为绝望，只好相率逃到象牙之殿、艺术之宫，去度其超然象外的诗人生活了。

二则为对中唐文学之反动。文学的变迁有时固为环境所左右，有时则为作家想变换口味的关系。譬如一个人甘脆肥酾的东西吃得太腻，便想吃点清淡的蔬菜，清淡蔬菜吃得太久觉得无味，则又想开荤。元和诗人韩愈等提倡险恶，绝对排斥辞藻，又孟郊、贾岛风格干枯寒瘦，不合多数读者脾胃，卢仝信口开河，漫无限制，艺术的形式更一坏而不可收拾。元、白一派注重内容，形式以平易坦白为主，末流所至遂致直率显露，不耐寻味——讽谕诗又当别论——所以到了太和、开成之际自然引起反动。

韩愈时少年诗人李贺便不满意于那时诗风，自己另觅径路。到后来又有一群青年诗人出来，按照李贺的启示，以沈博绝丽的形式，矫正韩派的枯瘦犷野，以"艺术为艺术"的主张打破元、白的功利主义，遂成立唯美文学的时代。

唯美文学既发端于李贺，而李贺之成功又得力于宫体。我们知道齐、梁之际发生一种宫体文学，梁简文帝、陈后主均工为之。这派文学虽名为宫体，却不专写宫廷生活，凡一切绮罗香泽有关女性的描写都可包括在内。由梁、陈继续至于初唐四杰、沈、宋，开、天后势虽不振，但潜流并未断绝，到这时代便复活而成为诗坛势力。

我们又要问宫体何以会在这时复活？原来唐人本喜作宫词，元和时白居易又把那富于传奇文学性质的唐明皇杨贵妃故事，制成一篇《长恨歌》，哀感顽艳，沁人心脾，一时传遍天下。他又作《江南遇天宝乐叟》等长诗，元稹又仿他写了一篇《连昌宫词》，都咏天宝遗事。到了大中时，进士郑嵎还仿他们作了一篇长一千四百字的《津阳门诗》，在这刺激之下，文人的兴趣，一时倾向宫廷故事，宫词的规模便宏大起来了。中唐王建用七绝体裁写了一百首宫词，王涯也作了三十首，张祜又善作小宫词，都可说是由宫廷故事诗变化出来的。宫词文辞美丽，李贺乃少年诗人，惊才绝艳，所以更喜为这个体裁的尝试。

照思想的原则，一种思想或文学主义之复活，一定要加上经过的时代色彩，艺术也比较进步。复活的宫体也和六朝宫体大不相似，竟可说由附庸而蔚为大国，变成一种新文学了。

要介绍李贺之前，不妨将中唐宫体诗人王建、王涯先为一述。唯二王与李贺作风不同，李贺的宫体大半是理想的，而二王则都是写实的。李贺诗艰深，二王诗则坦易，甚至用白话写，可说是白居易一派。

王建，字仲初，颍川人。大历十年（七七五）进士。初为渭南尉，历秘书丞、侍御史。太和中，出为陕州司马，从军塞上，后归咸阳，卜居原上。建工乐府，与张籍齐名，宫词百首尤传诵人口。

> 罗衫叶叶绣重重，金凤银鹅各一丛。每遍舞时分两向，太平万岁字当中。（《宫词》其十七）
>
> 射生宫女宿红妆，把得新弓各自张。临上马时齐赐酒，男儿跪拜谢君王。（《宫词》其二十二）
>
> 十三初学擘箜篌，弟子名中被点留。昨日教坊新进入，并房宫女与梳头。（《宫词》其三十一）
>
> 私缝黄帔舍钗梳，欲得金仙观里居。近被君王知识字，收来案上检文书。（《宫词》其四十八）
>
> 树叶初成鸟护窠，石榴花里笑声多。众中遗却金钗子，拾得从他要赎么？（《宫词》其六十三）
>
> 宫人早起笑相呼，不识阶前扫地夫。乞与金钱争借问，外头还似此间无？（《宫词》其六十九）

《江南》王建

这些诗不是完全白话么？他尝与内宫王枢密醉后相讥，王枢密恨道："吾弟所作宫词，天下皆诵于口，禁掖深邃，何以知之？"拟上奏。建以诗谢云："三朝行坐镇相随，今上春宫见小时，脱下御衣先赐著，进来龙马每教骑；长承密旨归家少，独奏边机出殿迟，自是姓同亲向说，九重争得外人知？"事乃寝。

还有王涯，字广津，贞元进士，宪宗、文宗时皆尝为宰相，死于甘露之变。他有宫词三十首，今仅存二十七首。其中如"白人宜着紫衣裳，冠子梳头双眼长，新睡起来思旧梦，见人忘却道'胜常'"，"一丛高鬓绿云光，官样轻轻淡淡黄，为看九天公主贵，外边争学内家装"，也很有风致。后来花蕊夫人作宫词一百首，完全是规抚王建、王涯的。

李贺（七九〇至八一六），字长吉，宗室郑王之后，父名晋肃，贺举进士为时辈所排低，韩愈虽作《讳辩》为之辩护，而贺竟因此终身不遇。为人纤瘦，通眉长爪，七岁即能辞章，每旦日出，骑弱马，从小奚奴，背古锦囊，遇有所得，即书投囊中，及暮足成之。非大醉及吊丧日率如此。母每见所书多，即怒曰："是儿要呕出心乃已耳！"卒年二十六。

第十七讲 | 唯美文学启示者李贺

《昌谷新竹》李贺

李贺的宫体诗计有三四十首,有的标明宫殿字样,如《过华清宫》《安乐宫》《官街鼓》《三月过行宫》《同沈驸马赋得御沟水》;有的写古代宫殿故事,如《李夫人歌》《追和何、谢铜雀妓》《金铜仙人辞汉歌》《秦宫诗》《铜驼悲》《梁台古愁》《瑶华乐》;有的写宫中妇女生活,如《河南府试十二月乐词》《贵主征行乐》《宫娃歌》《夜来乐》;有的托为游仙体裁,如《天上谣》《秦王饮酒》《湘妃》《贝宫夫人》。

现在引其宫体诗二首如下:

蜡光高悬照纱空,花房夜捣红守宫。象口吹香毾㲪暖,七星挂城闻漏板。寒入罘罳殿影昏,彩鸾帘额着霜痕,啼蛄吊月钩栏下,屈膝铜铺锁阿甄。梦入家门上沙渚,天河落处长洲路,愿君光明如太阳,放妾骑鱼撇波去!(《宫娃歌》)

西施晓梦绡帐寒,香鬟堕髻半沉檀。辘轳咿哑转鸣玉,惊起芙蓉睡新足。双鸾开镜秋水光,解鬟临镜立象床,一编香丝云撒地,玉钗落处无声腻……妆成鬓鬟敧不斜,云裾数步踏雁沙,背人不语向何处?下阶自折樱桃花。(《美人梳头歌》)

在这二首诗里，我们显明地看出李贺的作风特点便是"深刻"。上文说过一种文学的复活，一定要加上所经过时代的色彩。中唐是个苦吟的时代，李贺呕出心肝作诗，便是受这时代风气的感染。像"寒入罘罳殿影昏""玉钗落处无声腻"，都是深刻的句法。

又像《金铜仙人辞汉歌》："天若有情天亦老。"司马光说："李长吉歌'天若有情天亦老'，人以为奇绝无对。曼卿对'月如无恨月常圆'，人以为劲敌。"其实曼卿之对，何尝及原句之奇？又《天上谣》："银浦流云学水声。"《咏怀》："弹琴看文君，春风吹鬓影。"《昌谷北园新笋》："斫取青光写楚辞。"《马诗》："向前敲瘦骨，犹自带铜声。"这类句子，思想每能曲折地透进几层，故一平常观念也能写成奇语，好像太阳射过三棱镜，映出璀璨的七色光线一般。他从六朝宫体采取香艳的感情和华丽的辞藻，使诗恢复了"美"。

又以李白之飘逸，韩愈之险怪，孟郊之刻削，熔在一炉，百炼千锤，成为他自己的奇辞壮采。

秦王骑虎游八极，剑光照空天自碧。羲和敲日玻璃声，劫灰飞尽古今平。龙头泻酒邀酒星，金槽琵琶夜枨枨，洞庭雨脚来吹笙，酒酣喝月使倒行，银云栉栉瑶殿明。宫门掌事报一更，花楼玉凤声娇狞，海绡红文香浅清，黄鹅跌舞千年觥，仙人烛树蜡烟轻，清琴醉眼泪泓泓。(《秦王饮酒》)

老兔寒蟾泣天色，云楼半开壁斜白，玉轮轧露湿团光，鸾珮相逢桂香陌。黄尘清水三山下，更变千年如走马，遥望齐州九点烟，一泓海水杯中泻！(《梦天》)

李白一生梦想做神仙，又具不凡的豪情胜概，精神每飞驰于高远处，故常想"倚剑天外，挂弓扶桑""手弄白日，顶摩青穹"(均见李白文)，他描写自然风景也喜欢设为高处的看法，如《庐山谣寄卢侍御虚舟》《西岳云台歌送丹丘子》都像在飞机下瞰的景象。李贺的"遥望齐州九点烟，一泓海水杯中泻"，以及"千山浓绿生云外"(《河南府试十二月乐词·四月》)，"南风吹山作平地，帝遣天吴移海水"(《浩歌》)，都学李白高处看法。但他的思想比李白来得深刻。"羲和敲日玻璃声"，李白是不会作的。

他的"酒酣喝月使倒行"以及"踏天磨刀割紫云"(《杨生青花紫石砚歌》),"呼龙耕烟种瑶草"(《天上谣》),"撞钟饮酒行射天,金虎蹙裘喷血斑"(《梁台古愁》),"女娲炼石补天处,石破天惊逗秋雨"(《李凭箜篌引》),"方花古础排九楹,刺豹淋血盛银罂"(《公莫舞歌》),则学韩愈的险怪,不过辞藻瑰丽,又与韩不同。李商隐《李长吉小传》说他"最先为昌黎韩愈所知",《唐书·本传》也说他"七岁能辞章。韩愈、皇甫湜始闻未信,过其家,使贺赋诗,援笔辄就如素构,自目曰'高轩过',二人大惊,自是有名"。又相传李贺以诗卷谒退之,退之时为国学博士,已送客解带,门人呈卷,旋读之,首篇《雁门太守行》云"黑云压城城欲摧,甲光向日金鳞开",却援带,命邀之。(《唐诗纪事》)他们既有这样深的关系,则诗风感染,当然是可能的事。

但李贺的诗所以能独成一家者,尚不在此。他既不得意,心境忧郁,又以刻苦吟诗,愈多疾病,所以诗亦多带病态,如"日夕著书罢,惊霜落素丝,镜中聊自笑,讵是南山期?"(《咏怀》)"咽咽学楚吟,病骨伤幽素。"(《伤心行》)"我当二十不得意,一心愁谢如枯兰。"多病的人神经也比较灵敏,视宇宙间一切无不可悲可感,他的思想也就一天一天变得幽僻凄厉，甚至离开了热闹的人境，而跑到凄凉的鬼境，白杨衰草间的古坟，荒烟蔓草中的铜驼，幽圹的漆灯，阴房的鬼火，啼血的杜鹃，黑夜古木上怪笑的怪鸮，纸钱，旋风，神弦曲，血，死，哭，泣，泪，都成了他最爱取的材料，无怪乎作品之鬼气森森了。

云根苔藓山上石，冷红泣露娇啼色……石脉水流泉滴沙，鬼灯如漆点松花！（《南山田中行》）

茂陵刘郎秋风客，夜闻马嘶晓无迹，画栏桂树悬秋香，三十六宫土花碧。（《金铜仙人辞汉歌》）

客饮杯中酒，驼悲千万春……厌见桃株笑，铜驼夜来哭。（《铜驼悲》）

旋风吹马马踏云……青狸哭血寒狐死……百年老鸮成木魅，笑声碧火巢中起！（《神弦曲》）

南山何其悲，鬼雨洒空草……月午树无影，一山唯白晓。漆炬迎新人，幽圹萤扰扰！（《感讽》）

秋坟鬼唱鲍家诗，恨血千年土中碧！（《秋来》）

《文献通考》："宋景文诸公在馆，尝评唐人诗云太白仙才,长吉鬼才。"《沧浪诗话》:"人言太白仙才,长吉鬼才。不然,太白天仙之词,长吉鬼仙之词耳。"王思任《昌谷诗解序》:"……贺既孤愤不遇,而所为呕心之语,日益高渺。寓今托古,比物征事,大约言悠悠之辈,何至相吓乃尔?人命至促,好景尽虚,故以其哀激之思,必作晦涩之调,喜用鬼字,泣字,死字,血字,如此之类,幽冷溪刻,法当夭乏……"我们的诗人仅仅活了二十六岁,想必就是这缘故。

第十八讲

诗谜专家李商隐

晚唐诗人普遍以李商隐、温庭筠、杜牧三人为代表。但我们应当把商隐升为领袖,因为唯美文学李贺开其端,至商隐始大成。其势力且笼罩宋初四十年诗坛,为中国高蹈文学先导。又以《无题》诸作写一生恋爱故事,被后人误会为"寄托",无意中又成为象征文学之祖。在李、杜、韩、白之外,可以独立而成一家。张为《诗人主客图》有"瑰奇美丽主"一席,属之商隐,始称无愧。

李商隐(八一三至八五八),字义山,怀州河内人。初在令狐楚幕府,开成二年(八三七)登进士第,调弘农尉。王茂元镇河阳,爱其才,表掌书记,以女妻之,得侍御史。茂元死,游京师久不调。后随郑亚府、卢弘正在外,久之还朝，干令狐绹补太学博士。柳仲郢节度剑南东川，辟为判官检校工部员外郎。府罢，客荥阳卒，年四十五。

中唐诗人李贺作品便很晦涩，然吾人读其"石破天惊逗秋雨""金虎蹙裘喷血斑"等句，知其故作险怪奇突语以惊骇世俗而已，决不想去寻找什么内容，而且句句可以解释。至于李商隐的晦涩，则无可解释，内容却又总像影影绰绰蕴藏了许多东西似的，常会引起读者探索的好奇心。千余年来注家辈出，注全集者有刘克、张文亮、释道源、屈晦翁、朱鹤龄、姚培谦、程增宁、冯浩等人。解《锦瑟》一诗者有刘贡父、黄庭坚、苏轼以及近人孟森等人。其他零星考证，更不可胜数，然终莫得其要旨。元好问《论诗绝句》云："望帝春心托杜鹃，佳人锦瑟怨华年。诗家总爱西昆好，独恨无人作郑笺。"明胡震亨也说："别家诗都可笺注，独商隐一集无一人能下手。若非其中大有秘密，何至于此？"

注家既无从下手，于是遂有"寄托"之说发生。至清而说尤盛。朱鹤龄云："或曰：义山之诗半及闺闼，读者与《玉台》《香奁》例称。荆公以为善学老杜何居？予曰：男女之情通于君臣朋友，《国风》之蟌首蛾眉，云发瓠齿，其辞甚亵，圣人顾有取焉。《离骚》托芳草以怨王孙，借美人以喻君子，遂为汉、魏、六朝乐府之祖，古人之不得志于君臣朋友者，往往寄遥情于婉娈，结深怨于蹇修，以序其忠愤无聊，缠绵宕往之致。唐至太和以后阉人暴横，党祸蔓延，义山陷塞当涂，沉沦记室，其身危则显言不可而曲言之，其思苦则庄语不可而漫语之，计莫若瑶台璃宇，歌筵舞榭之间，言之可无罪，而闻之足以动。其《梓州吟》云'楚雨含情俱有托'，早已自下笺解矣。吾故曰：义山之诗乃风人之绪音，屈、宋之遗响，盖得子美之深，而变出之者也，岂徒以征事奥博，撷采妍华，与飞卿、柯古争霸一时哉？学者不察本末，类以才人浪子目义山，即爱其诗者亦不过以为帷房昵嫕之词而已，此不能论世知人之故也。"(《笺注李义山诗集序》)

程增宁说："《无题》诸诗，人多目为《闲情》之赋；咏物诸作，又或视若《尔雅》之词，之二者交失之矣。愚见《无题》近于怨旷者，皆怨及朋友之寓言，咏物近于幽闲者，乃愿入温柔之绮语，逐篇三复，自然得之，《国风》《离骚》是其所本。苟或以为反是，则无题嫕昵，大是罪人，咏物无情，未为俊物也。"又说："诗须有为而作也，义山于风云月露之外，大有事在，故其于本朝之治忽理乱往往

三致意焉。……愚一一求得其实以归之，使义山忧时忧国之心与杜子美相后先。"（《李义山诗集笺注·凡例》）

自从他们这样一说，李商隐不但忠愤如杜甫，而且成为象征主义的诗人了。且其技术之巧妙，联想之奇特，心思之周密，幻想之瑰异，虽今日西洋象征大家梅脱灵克、魏仑、霍伯特曼等人也无以过，中国象征文学仅有《离骚》前半段勉强可说，《国风》及汉、魏、六朝乐府都属后人附会，李商隐在唐代对象征文学居然能有这样造诣，岂非文学史的奇迹？

况《唐书》本传称商隐为人"诡薄无行""无特操"，唐末李涪著《释怪》讥商隐之文"无一言经国，无纤意奖善"，而后人乃欲使之"与曲江老人相视而笑"，在吾们的诗人真可谓不虞之誉了。况"寄托"之说，穿凿附会，其说往往不能自圆，深求反失，此之谓也。

本书作者尝怀疑前人之说。取李商隐诗集细加研究，始将千余年来百十人探索不可得之秘密一朝发现，盖其《无题》《艳情》诸作篇篇都是恋爱的本事诗，真真实实的记录，并无"寄托"的踪影。他作品之隐僻难解，则为恋史在事实上不能直陈，故用各种典故制成巧妙诗谜，并安上线索，使后人自去猜索。他本意也不想创什么象征诗体，而作品暧昧、神秘色彩甚浓，使后人误为象征诗，则为他意外的收获。

他平生曾恋爱两种女子，一为修道之女冠，一为宫中之嫔御，两种恋史都难宣布，遂以诗谜方法来写。今试引他和女道士恋爱作品一首并将所用典故注出，以见其诗谜形式一斑：

> 松篁台殿蕙香帏，龙护瑶窗凤掩扉。无质易迷三里雾，不寒长着五铢衣。人间定有崔罗什，天上应无刘武威。寄问钗头双白燕，每朝珠馆几时归？（《圣女祠》）

"三里雾"。《后汉书》："张楷有道术，居华山谷中，能为五里雾，时关西人裴优亦能作三里雾。"

"五铢衣"。《博物志》："贞观中岑文本于山亭避暑，有叩门者云上清童子。文本问曰：'衣皆轻细，何所出？'对曰：'此上清五铢衣。'"

"崔罗什"。《酉阳杂俎》："长白山西有夫人墓，魏孝昭之世……清河崔罗什……被征诣州，夜经于此，忽见朱门粉壁……一青衣出，语什曰：'女郎须见崔郎。'什恍然下马，入两重门，内有一青衣通问引前……什遂前，入就床坐，其女在户东坐，与什叙温凉。……什乃下床辞出……上马行数十步，回顾乃一大冢。"按《酉阳杂俎》乃商隐同时段成式所著，此故事当有蓝本。

"刘武威"。《神仙感遇传》："刘子南者，乃汉冠军将军武威太守也，从道士尹公，受务成子萤火丸，"辟百鬼诸毒兵刃盗贼。冯浩引刘禹锡《和乐天消失婢榜者》云："不逐张公子，即随刘武威。"谓必有事在，今失详耳。

"钗头燕"。《洞冥记》："元鼎元年起招灵阁，有神女留玉钗与帝，帝以赐赵婕妤。至元凤中宫人犹见此钗，共谋欲碎之，明旦发匣惟见白燕飞升天。后宫人学作此钗，因名玉燕钗。"

唐代宗女华阳公主性聪颖，上奇爱之，大历七年（七七二）以病丐为道士，号琼华真人，其观曰华阳观。李商隐所恋女道士名宋华阳，亦居此观。故诗之首二句形容圣女祠建筑俨带宫殿色彩。首联形容女道士服饰之华美。次联之崔罗什、刘武威皆仙女情人，以写女道士之与自己恋爱。其《重过圣女祠》有"萼绿华来无定所，杜兰香去未移时"之语，绿萼华故事见陶弘景《真诰》，以仙女而降羊权家，杜兰香故事见晋曹毗《神女杜兰香传》，亦以仙女降张硕，皆喻唐代女道士之不守清规。宋华阳为宫女之入道者，所以用《洞冥记》暗射之。

他还有《月夜重寄宋华阳姊妹》《赠宋华阳真人兼寄清都刘先生》各一首，《碧城》三首，《重过圣女祠》七律一首，《圣女祠》五排一首，《银河吹笙》七律一首，《寄永道士》七绝一首，可以看出商隐由旧同学永道士——商隐曾学道王屋山，永道士亦学于是中——之介绍，得认识女道士宋华阳。后有商隐与华阳因事失和，华阳姊妹二人舍商隐共恋永道士等事迹。

关于与宫嫔恋爱的作品，引《可叹》为例：

幸会东城宴未回，年华忧共水相催。梁家宅里秦宫入，赵后楼中赤凤来。冰簟且眠金镂枕，琼筵不醉玉交杯。宓妃愁坐芝田馆，用尽陈王八斗才。

曲江为唐代帝王游宴胜境，建有离宫，自明皇以来常挈宫眷至此避暑，唐文宗又增建紫云楼、采霞亭，商隐与宫嫔幽会皆在此。曲江在长安东南十里，故诗曰"幸会城东宴未回"。

"秦宫"。《汉书·梁冀传》："冀爱监奴秦宫……得出入寿所。寿见宫，辄屏御者托以言事，因与私焉。"

"赤凤"。《飞燕外传》："后所通宫奴燕赤凤者，雄捷能超观阁，兼通昭仪。赤凤始出少嫔馆，后适来幸……连臂踏地，歌《赤凤来曲》。"

"金镂枕"。《文选注》："魏东阿王求甄逸女既不遂，太祖回与五官中郎将，植殊不平。黄初中入朝，帝示植甄后玉镂金带枕，植见之不觉泣。时已为郭后谗死。帝仍以枕赉植。植还度轘辕将息洛水上，忽见女来，自云托心君王，其心不遂，此枕之在我家时从嫁，前与五官中郎将，今与君王。遂用荐枕席，遂作《感甄赋》，后明帝见之改为《洛神赋》。"《无题》四首之一："贾氏窥帘韩掾少，宓妃留枕魏王才。"可与此互相发明。

"芝田馆"。崔融《贺芝草表》："芝英绕殿，暂疑王母之台，灵草成田，聊比宓妃之馆。"

商隐所爱宫嫔，姓卢，浙东人，一名飞鸾，一名轻凤，旧侍敬宗为舞女。后入文宗后宫，生子蒋王宗俭。然文宗方宠杨贤妃，不常临幸，二人乃在外招寻面首，与商隐相识，常于曲江相会。开成四年（八三九），文宗以追理逆毁庄恪太子案，杀宫使十人，卢氏姊妹畏罪投井死。商隐集中《碧瓦》《拟意》《镜槛》《曲江》《曲池》《景阳宫井双桐》《景阳井》以及《鸾凤》《莫愁》之诗，皆记此事经过。

商隐既以古书典故影射其一生恋史，若典故用错则事实必混淆，所以他用典极其细心，丝毫不苟。女道士方面人物则东方朔、王子晋、洪崖、萧史、青女、素娥等，境地则碧城、王楼、瑶台、紫府、阆苑、玉山等。宫嫔方面人物则赤凤、秦宫、襄王、宋玉、魏东阿、燕太子、赵飞燕、卢莫愁、宓妃、汉后、楚妃，境地则楚宫、汉苑、景阳宫、蓬莱、芙蓉塘、天泉龙宫等，读者就谜面以索谜底，便可水落石出。即其一点，李氏可谓空前绝后之诗谜专家。

但李商隐与女道士及宫嫔恋爱之事迹曲折甚多，非草草数言可以明了，须取李氏诗集与拙著《玉溪诗谜》共读，始可得其详细。

不过李商隐除了用诗谜记叙他与女道士、宫嫔恋爱外，对于当时国事，并非绝口不道，如李涪之所识。如《行次西郊作一百韵》《有感》（乙卯年有感丙辰年诗成二首纪甘露之祸）都是很显明的对时局的感慨，还有隐喻的如：

> 七国三边未到忧，十三身袭富平侯。不收金弹抛林外，却惜银床在井头。彩树转灯珠错落，绣檀回枕玉雕锼。当关不报侵晨客，新得佳人字莫愁。（《富平少侯》）

《汉书》，成帝始为微行，从私奴出入郊野，每自称富平侯家人。又首句"七国三边"皆汉事，似乎此诗是咏成帝，唯首联以下便非成帝事迹，所以知道他借史事刺当时朝政。徐德泓说此诗为敬宗作，帝好奢好猎，宴游无度，赐与不节，尤爱纂组雕镂之物，视朝每晏。……敬宗即位年方十六，故以富平少侯为比。

此外如《陈后宫》《览古》皆刺敬宗。《咏史》吊文宗。《四皓庙》为辅导庄恪太子者叹息。《茂陵》嘲讽武宗。《华岳下题西王母庙》之悼武宗、王才人。旧说尚无差谬，但以古代帝王影射现代帝王，与他以仙女影射女道士，古妃影射宫嫔一样，谜面与谜底不能离开而独立。故有晦涩隐僻之病，不算上乘的象征文学。

唯以小动物影射宫人及入宫人物，颇有意味，今引其《蜂》诗：

  小苑华池烂熳通，后门前槛思无穷。宓妃腰细才胜露，赵后身轻欲倚风。红壁寂寥崖蜜尽，碧帘迢递雾巢空。青陵粉蝶休离恨，长定相逢二月中。

此诗盖刺文宗妃子杨贤妃。《长安志》：文宗梓陵陪葬杨封妃，毕沅抚陕时校志，疑文有误改封妃为贤妃。我疑杨妃在世时有"封""贤"两名号，"封"与"蜂"音同，故商隐以蜂为比。杨妃虽得宠而亦有一情人，姓韩。商隐《蝇蝶鸡麝鸾凤等成篇》有"韩蝶翻罗幕"，《青陵台》有"莫讶韩凭为蛱蝶，等闲飞上别枝花"，还有几首"雪中蝴蝶诗"（雪亦指杨妃），故知"青陵粉蝶"，乃知杨妃情人。其"小苑华池""宓妃赵后"系影射杨妃身份。

这首诗离开宫闱秘史的谜底，谜面也可成为一首咏蜂诗，所以算得是好的象征文学。

最后我略谈商隐诗的艺术。杨亿《杨文公谈苑》说商隐为文多检书册，左右鳞次，号獭祭鱼。杨是研究商隐的专家，宋初去晚唐不远，其言必有所本。商隐以古书典故，制诗谜以影射其一生恋史，固无怪其如此。但用典成了习惯，即不须典之诗亦以典为之，有时显得堆垛饾饤，毫无灵气，如其《喜雪》诗连用十余典，《人日即事》亦连用十余典，所以范晞文《对床夜语》谓其为"编事"。

但以大体而论，他的诗实具精密缛丽的特点。敖陶孙称其"如百宝流苏，千丝铁网，绮密瑰妍"。范椁称其"家数微密闲艳，学者不察，失于细碎"。杨亿则称其"包蕴密致，演绎平畅，味无穷而炙愈出，钻弥坚而酌不竭"。又杨亿而外，许顗、吕本中、冯班、冯浩等人，都说商隐诗可医樵梓僵硬之病与油滑粗粝之习，并说自己因研究他的诗而思想变成致细深沉。

第十九讲

李商隐同时诗人

《旧唐书·李商隐传》:"与太原温庭筠、南郡段成式齐名,时号三十六体(按《小学绀珠》:三人皆行十六,故曰三十六体),文思清丽,庭筠过之。"温庭筠与李贺都是努力于这唯美文学的同志,文体相同但谓温文思清丽过李,我很承认这话。

李贺、李商隐、温庭筠三人文字都从六朝宫体蜕化出来,都可以一"丽"字包括,然李贺多用矿物性质的形容词,如"金""银""玉""瑶",又好作游仙体,可说是"瑰丽";李商隐《碧城》诸作也甚瑰丽,而大部分作品多用工艺品性质的形容词,如"锦""绣""雕""镂",且堆垛典故,巧制诗谜,可说是"缛丽";温庭筠好用植物性质及自然界性质的形容词,如"花""草""风""月",又内容不为事所累,故可说是"清丽"。

温庭筠本名岐,字飞卿,太原人。少敏悟,才思艳丽,韵格清拔,工为词章小赋。然行无检幅,数举进士不第。徐商镇襄阳署为巡官,不得志,归江东。后商知政事欲用之,会罢相不果。杨收疾之,贬方城尉,再迁随县尉,卒。其生年约当在公元八一二至八七〇年之间。

温庭筠同李贺一样好作宫体诗,他的七古有些很晦涩,而近体则平易。

> 湘东夜宴金貂人,楚女含情娇翠嚬,玉管将吹插钿带,锦囊斜拂双麒麟。重城漏断孤帆去,唯恐琼签报天曙,万户沉沉碧树圆,云飞雨散知何处?欲上香车俱脉脉,清歌响断银屏隔,堤外红尘蜡炬归,楼前澹月连江白。(《湘东宴曲》)

> 百舌问花花不语,低回似恨横塘雨,蜂争粉蕊蝶分香,不似垂杨惜金缕。愿君留得长妖韶,莫逐东风还荡摇,秦女含颦向烟月,愁红带露空迢迢!(《惜春词》)

他的"万户沉沉碧树圆""低回似恨横塘雨",都可当得"清丽"二字。又如:

抱月飘烟一尺腰,麝脐龙髓怜娇娆。秋罗拂水碎光动,露重花多香不销。……郎心似月月未缺,十五十六清光圆。(《张静婉采莲歌》)

团圆莫作波中月,洁白莫为枝上雪。月随波动碎潾潾,雪似梅花不堪折。(《三洲歌》)

吴宫女儿腰似束,家在钱唐小江曲。一自檀郎逐便风,门前春水年年绿。(《苏小小歌》)

树色深含台榭情,莺声巧作烟花主。(《醉歌》)

韶光染色如蛾翠,绿湿红鲜水容媚。(《春洲曲》)

小姑归晚红妆浅,镜里芙蓉照水鲜。(《兰塘词》)

三秋庭绿尽迎霜,惟有荷花守红死。(《懊恼曲》)

衰桃一树近前池,似惜红颜镜中老。(《春晓曲》)

红妆万户镜中春,碧树一声天下晓。(《鸡鸣埭曲》)

读了这些诗句,我们知道温庭筠极得力于六朝吴语文学,盖取《子夜》《阿子》《欢闻》《懊侬》《读曲》等歌,合以齐梁宫体而变化出之，故其诗如春朝，如秋夜，如初莺之弄舌，如新花之蓓蕾，如山色之葱茏，如波光之滉漾，如珠温玉软，红鞓翠倚，如十五六女郎执红牙拍，唱杨柳岸晓风残月，真有一种说不出的新鲜趣味和风流情致。

段成式，字柯古，河南人。为段文昌之子。研精苦学，秘阁书籍披阅皆遍。历尚书郎、太常少卿，连典九江、缙云、卢陵三郡，坐累退居。他的诗今传流者以七绝为多，录其《柔卿解籍戏呈飞卿》三首：

> 长担犊车初入门，金牙新酝盈深樽。良人为渍木瓜粉，遮却红腮交午痕。
>
> 最宜全幅碧鲛绡，自襞春罗等舞腰。未有长钱求邺锦，且令裁取一团娇。
>
> 出意挑鬟一尺长，金为钿鸟簇钗梁。郁金种得花茸细，添入春衫领里香。

作风颇似温李。又《嘲飞卿》七首，《戏高侍御》七首，也是一样的笔墨。晚唐时小词渐兴，温庭筠善作《菩萨蛮》，至为唐宣宗所爱唱。段成式与其友张善继、郑符共作《闲中好》词，郑云："闲中好，尽日松为侣，此趣人不知，轻风度僧语。"段云："闲中好，尘务不萦心，坐对当窗木，看移三面阴。"皆清隽有味。

还有个李群玉也是唯美诗人，而且与温、段均有交谊。

李群玉，字文山，澧州人。性旷逸，赴举一上而止，唯以吟咏自适。裴休观察湖南，延致之，及为相，以诗论荐，授弘文馆校书郎，未几乞假归卒。其《伤思》云：

> 八月白露浓，芙蓉抱香死，红枯金粉堕，寥落寒塘水。西风团叶下，叠縠参差起，不见棹歌人，空垂绿房子。

此诗冷芳幽艳，绝似李贺，而"芙蓉抱香死"口吻尤毕肖。又其《醉后赠冯姬》：

> 黄昏歌舞促琼筵，银烛台西见小莲。二寸横波回慢水，一双纤手语香弦。桂形浅拂梁家黛，瓜字初分碧玉年。愿托襄王云雨梦，阳台今夜降神仙。

《静夜相思》李群玉

慧心香口，太似温庭筠。又其《黄陵庙》：

　　小姑洲北浦云边，二女容华自俨然。野庙向江春寂寂，古碑无字草芊芊。风回日暮吹芳芷，月落山深哭杜鹃，犹似含颦望巡狩，九疑凝黛隔湘川。

秀丽流转之中，气息仍自沉稳，则文可与李商隐媲美了。以上三位诗人都可说是李商隐的嫡派，还有几位诗人虽与李、温作风不同，而也可以说受了唯美文学运动的影响。第一是杜牧，诗以豪迈称，而且缘情绮靡之作亦甚多。有人称他作品有两方面，一为豪迈，一为香艳，但豪迈作品亦复辞藻富丽，色彩鲜明，与杜甫、韩愈不同。

杜牧（八〇三至八五二），字牧之，京兆万年人。太和二年（八二八）进士。沈传师表为江西团练府巡官，又为牛僧孺淮南节度府掌书记，擢监察御史，移疾分司东都，累官至中书舍人，卒年四十九。其为人刚直有奇节，不为龊龊小谨，喜谈兵，敢论列大事，指陈病利尤切至，人号小杜，以别杜甫。

他在同代文学家里面，佩服杜甫、韩愈，有《读韩杜

《长安送友人游湖南》 杜牧

集》云:"杜诗韩笔愁来读,似倩麻姑痒处搔,天外凤凰谁得髓?无人解合续弦胶。"又《雪晴访赵嘏街西所居三韵》极佩李、杜,有"少陵鲸海动,翰苑鹤天寒"之句。他很想力矫晚唐诗坛柔靡之病,所以常作拗峭的笔法与翻案的文章。像他《闻庆州赵纵使君与党项战中箭身死辄书长句》便是拗体之例:

将军独乘铁骢马,榆溪战中金仆姑。死绥却是古来有,骁将自惊今日无。青史文章争点笔,朱门歌舞笑捐躯。谁知我亦轻生者,不得君王丈二殳。

又如《赤壁》之"东风不与周郎便,铜雀春深锁二乔",《题商山四皓庙》"南军不袒北边袖,四老安刘是灭刘",《题桃花夫人庙》"至竟息亡缘底事,可怜金谷坠楼人",《题乌江亭》"胜败兵家事不期,包羞忍耻是男儿。江东子弟多才俊,卷土重来未可知",则为翻案文章之例。

至于他的艳体,如《怀钟陵旧游》四首之一:

十顷平湖堤柳合,岸秋兰芷绿纤纤。一声明月采莲女,四面朱楼卷画帘。白鹭烟分光的的,微涟风定翠溰溰。斜晖更落西山影,千步虹桥气象兼。

又如《闺情》:"暗砌匀檀粉,晴窗画夹衣。袖红垂寂寞,眉黛敛依稀。"《旧游》:"盼昐回眸远,纤衫整髻迟。重寻春昼梦,笑把浅花枝。"《赠别》:"娉娉袅袅十三余,豆蔻梢头二月初。春风十里扬州路,卷上珠帘总不如。""多情却似总无情,唯觉尊前笑不成。蜡烛有心还惜别,替人垂泪到天明!"这些话李白、杜甫、韩愈都不能作,若说杜牧没有受温、李等感染,谁则信之?相传当时有一位善学贾岛五律的喻凫以诗投杜牧,牧殊不理,凫出,语人道:"我诗无绮罗铅粉,宜其不售也。"这更可证实他作品与温、李有相同之点了。

第二十讲

唐末诗坛

自李商隐时代到哀宗天祐三年（九〇六）唐室之亡灭，还有四五十年。这四五十年政治败坏，国势日蹙，懿宗时浙东淮泗叛乱，南诏入寇。僖宗时流寇王仙芝横行河南、山南、江淮，至黄巢陷长安称帝号，大乱十年始稍定。其焚掠之残暴，杀戮之惨酷，乱区之扩大，战事之延长，更甚于安史之变。其后又有秦宗权称兵僭号，朱温与李克用之互相火并，唐室元气至是凋丧殆尽。昭宗颇称英杰，即位之始即想极力振作，恢复祖宗宏规，而外制于强藩，内牵于阉寺，卒为朱全忠所弑，赍恨入地。唐代三百年天下到这时候便算完全断送。

唐末诗坛之混乱也和政局差不多。开宗立派的大师已经绝迹，能表现特别色彩的诗家也不可多得，诗风止于"幽僻""尖新""纤巧""靡弱""俚俗"。视盛唐中李、杜、韩、白之元气磅礴光焰烛天者，实不可同日而语。唐诗到这时候已经成为洪波之末流，大声之余响了。

这四十几年中诗人创作，大都不出前人范畴，约而计之，可得以下几派。

第一派　这一派以通俗为主，作风出于白居易。白居易作品本有"俗"之说，到了唐末竟浅得像白话一般，杜荀鹤、罗隐、罗虬、罗邺、李山甫、胡曾等人为代表。

杜荀鹤，字彦之，池州人，有诗名，自号九华山人。大顺二年（八九一）第一人擢第，天祐初卒。自序其文为《唐风集》。

其《时世行》二首，写尽唐末兵祸惨状，读之令人酸鼻：

> 夫因兵死守蓬茅，麻苎衣衫鬓发焦。桑柘废来犹纳税，田园荒后尚征苗。时挑野菜和根煮，旋斫生柴带叶烧。任是深山更深处，也应无计避征徭。

> 八十老翁住坡村，村中牢落不堪论。因供寨木无桑柘，为点乡兵绝子孙。还似平宁征赋税，未尝州县

《马上作》 杜荀鹤

略安存。至今鸡犬皆星散，日落前山独倚门！

又《旅泊遇郡中叛乱示同志》，也惨极：

> 握手相看谁敢言？军家刀剑在腰边。遍搜宝货无藏处，乱杀平人不怕天。古寺拆为修寨木，荒坟开作甃城砖。郡侯逐出浑闲事，正是銮舆幸蜀年。

这三首诗想都在黄巢作乱僖宗幸蜀时作。

他的"举世尽从愁里老，谁人肯向死前闲"（《秋宿临江驿》），"九州有路休为客，百岁无愁即是仙"（《乱后山居》），"画戟门前难作客，钓鱼船上易安身"（《感秋》），"半雨半风三月内，多愁多病百年中"（《中山临上人院观牡丹寄诸从事》），都是浅俗体裁。也有完全用俗语写的，如《友人赠舍弟依韵戏和》"不觉裹头成大汉，昨来竹马作童儿"，《登灵山水阁贻钓者》"未胜渔父闲垂钓，独背斜阳不睬人"，大有打油诗意味。

罗隐与罗虬、罗邺，咸通乾符间（八六〇至八七九）号三罗。隐，字昭谏，余杭人，本名横。十上不中第，遂更名。归投钱镠，累官钱塘令，镇海军掌书记，奏授司勋郎中。朱全忠以谏议大夫召不行，年七十七卒。

他的诗有许多成为今日民众日常成语，如"只知事逐眼前去，不觉老从头上来"(《水边偶题》)，"时来天地皆同力，运去英雄不自由"(《筹笔驿》)，"今朝有酒今朝醉，明日愁来明日愁"(《自遣》)，"西施若解倾吴国，越国亡来又是谁？"(《西施》)等句皆是。现在再引他白话诗数首：

莫恨雕笼翠羽残，江南地暖陇西寒。劝君不用分明语，语得分明出转难。(《鹦鹉》)

白似琼瑶滑似苔，随梳伴镜拂尘埃。莫言此个尖头物，几度撩人恶发来。(《白角篦》)

又《代文宣王答》"吾今尚自披蓑笠，你等何须读典坟"，《七夕》"时人不用穿针待，没得心情送巧来"，《言》"成名成事皆因慎，亡国亡家只为多"。

罗虬辞藻富瞻，累举不第，为鄜州从事。常欲伎女杜红儿唱歌，红儿以身为副宪所聘，不敢应命。虬怒手刃之，既而悔，乃作绝句百篇，号《比红儿诗》以追其冤。诗非甚佳,终是晚唐浅俚风格,如"长恨西风送早秋,低眉深恨嫁牵牛。若同人世长相对,争作夫妻得到头","苏小空匀一面妆,便留名字在钱塘。藏鸦门外诸年少,不识红儿未是狂",全诗大略类此。

罗邺,余杭人,累举不第,光化中以韦庄奏追赐进士及第,赠官补阙。其《牡丹》诗"买栽池馆恐无地,看到子孙能几家?",《山阳贻友人》"行迟暖陌花拦马,睡重春江雨打船",《鹦鹉咏》"金笼共惜好毛羽,红觜莫教多是非",都浅俗。

李山甫,咸通中(懿宗年号)累举不第。依魏博幕府为从事,尝逮事乐彦祯、罗弘信父子。文笔雄健,名著一方。所作《贫女》诗颇有名:

> 平生不识绣衣裳,闲把荆钗亦自伤。镜里只应谙素貌,人间多自信红妆。当年未嫁还忧老,终日求媒即道狂。两意定知无说处,暗垂珠泪湿蚕筐。

其《曲江》"一种是春长富贵,大都为水也风流",《下第献所知》"虚教六尺受辛苦,枉把一身忧是非""与他名利本无分,却共水云曾有期""四海风云难际会,一生肝胆易开张",《柳》"金风不解相抬举,露压烟欺直到秋",《自叹拙》"世乱僮欺主,年衰鬼弄人",均系浅俗一路。

胡曾,邵阳人,咸通中举进士不第,尝为汉南节度从事。有《咏史诗》一百五十首,《垓下》"拔山力尽霸图隳,倚剑空歌不逝骓。明月满营天似水,那堪回首别虞姬",《青冢》"玉貌元期汉帝招,谁知西嫁怨天骄,至今青冢愁云起,疑是佳人恨未销",因其浅易通俗,故民间传诵甚广。

这类白话诗作到后来成为宋人"击壤"诗派。

第二派 这一派以幽峭僻苦为主,是学贾岛的。《重订中晚唐诗主客图》以贾岛为清奇僻苦主。上入室为李洞,入室为周贺、喻凫、曹松、崔涂,升堂为马戴、唐求等,及门为张祜、方干等。

李洞,字才江,京兆人,慕贾岛诗,铸其像,事之如神。时人但诮其僻涩而不能贵其奇峭,唯吴融称之。昭宗时不第,游蜀卒。其《鄠郊山舍题赵处士林亭》云:

> 圭峰秋后叠,乱叶落寒墟。四五百竿竹,二三千卷书。云深猿拾栗,雨霁蚁缘蔬。只隔门前水,如同万里余。

又"落叶溅吟身""敲驴吟雪月""醉眼青天小""二三更后雨，四十字边秋""漱流星入齿，照镜石差肩"，凡此佳句皆似贾岛。

喻凫，毗陵人，登开成五年（八四〇）进士第，终乌程尉。与李商隐、段成式均相识，并和贾岛友善。《冬日题无可上人院》："入户道心生，茶间踏叶行。泻风瓶水涩，承露鹤巢轻。阁北长河气，窗东一桧声。诗言与禅味，语默此皆清。"又《送友人罢举归蜀》："卖琴红粟贵，看镜白髭新。"《夏日龙翔寺居即事寄崔侍御》："数声钟里饭，双影树间茶。"《送友人南中访旧知》："地蒸川有毒，天暖树无秋。"甚炼。

方干，字雄飞，桐庐人，咸通中屡举进士不第，没文德时（八八八）。貌寝陋又缺唇，尝以诗谒钱唐太守姚合，合初卑之，坐定览卷乃骇目变容，馆之数日。其诗多警句，高秀异常。宋苏轼常手写方干七律，时自省览云。其七律警句如"曳响露蝉穿树去""沙蝉飞处听犹闻"，又"蝉曳残声过别枝"，于咏蝉特工。而"隔岸鸡鸣春耨去，邻家犬吠夜渔归""泉迸幽音离石底，松含细韵在霜枝""岩溜喷空晴似雨，林萝碍日夏多寒"，则开宋人诗体。

马戴，字虞臣，会昌四年（八四四）进士。懿宗咸通末佐大同军幕，终太学博士。《落日怅望》："孤云与归鸟，千里片时间。念我何留滞，辞家久未还。微阳下乔木，远烧入秋山。临水不敢照，恐惊平昔颜。"又"鸟下山含暝，蝉鸣露滴空""湿光微泛草，石翠澹摇峰"，《寄贾岛》之"寻思别山日，老尽经行树"，则与"独行潭底影，数息树边身"无异。

唐求居蜀之味江山，王建帅蜀，召为参谋，不就。为诗捻稿为圆，纳之大瓢，后卧病投瓢于江，道："斯文苟不沉没，得者方知吾苦心尔。"《客行》："上山下山去，千里万里愁。树色野桥暝，雨声孤馆秋。"则不但似贾岛且似孟郊。《赠行如上人》"衲补云千片，香烧印一窠"，则肖贾语。

第三派　这派以清真雅正为主，善作五律，谓之格律诗，学张籍、姚合。《中晚唐诗主客图》以张籍为清真雅正主，上入室朱庆馀，入室王建、于鹄，升堂项斯、许浑、司空曙、姚合，及门赵嘏、顾非熊、任翻、刘得仁、郑巢、李咸用、章孝标。

司空曙为大历诗人，朱庆馀、王建为中唐诗人（按《主客图》并不论时代先后），前面已述及，不必再放在这里讨

《雨后思湖居》 许浑

论，但晚唐至唐末的许浑甚有名，不可不略为介绍，司空图亦以格律著，人称其源张籍、贾岛、姚合，然于籍为近。

许浑，字用晦，丹阳人。太和六年（八三二）进士，为当涂、太平二县县令，以病免，起润州司马。大中三年（八四九）为监察御史，历虞部员外郎，睦郢二州刺史。

高棅《唐诗品汇》谓许用晦之对偶为晚唐变态之极，可见他有得于张籍格律诗的功夫。他作《怀古》诗颇有悲壮苍凉之致，如《金陵怀古》云：

玉树歌残王气终，景阳兵合戍楼空。松楸远近千官冢，禾黍高低六代宫。石燕拂云晴亦雨，江豚吹浪夜还风。英雄一去豪华尽，惟有青山似洛中。

他的七律警句"水声东去市朝变，山势北来宫殿高""草生宫阙国无主，玉树后庭花为谁""经年未葬家人散，昨日因斋故吏来"，张为曾取之为《主客图》，但他虽工对偶，却又有浅俗之名，前人有时将他放在第一派。

司空图，字表圣，河中虞乡人。咸通末进士，由宣歙幕历礼部郎中，僖宗行在用为知制诰，中书舍人。迁洛后

《偶题》 司空图

被召入朝以野耄丐归，闻朱全忠受禅，不怿而卒。年七十余。（九〇七）

图少有俊才，晚年避世栖遁，自号知非子、耐辱居士。有先世别墅，泉石林亭，颇惬幽趣，日与名僧高士游咏。著《诗品》二十四则，当世传之。其论诗贵"味外味"，其《与李生论诗书》极畅其旨。《诗品》所谓"不著一字，尽得风流""神出古异，淡不可收""采采流水，蓬蓬远春""明漪绝底，奇花初胎""晴雪满汀，隔溪渔舟"，清代主神韵说的王士禛常引之。

> 宦游萧索为无能，移住中条最上层，得剑乍如添健仆，亡书久似失良朋。燕昭不是空怜马，支遁何妨亦爱鹰。自此致身绳检外，肯教世路日兢兢。（《退栖》）

其自负之佳句有"人家寒食月，花影午时天""坡暖冬生笋，松凉夏健人""川明虹照雨，树密鸟冲人""孤萤出荒池，落叶穿破屋""逃难人多分隙地，放生鹿大出寒林""孤屿池痕春涨满，小栏花韵午晴初"。

《容斋随笔》云："东坡称司空表圣诗文高雅，有承平之遗风。……又'棋声花院闭，幡影石坛高'，吾尝独入白鹤观，松阴满地，不见一人，惟闻棋声，然后知此句之工。"

第四派　这是出于唯美文学的。韩偓、吴融、唐彦谦学温、李，陆龟蒙一部分作品也如此，赵嘏则近杜牧。

这派善于写儿女之情的当推韩偓，他有《香奁集》，竟为后来情词之祖。清王次回等即专模拟他，李商隐于韩偓小时赠诗有"雏凤清于老凤声"之句，大约知道他将为唯美文学后起之秀吧。他字致光（一作尧），京兆万年人。龙纪元年（八八九）进士。拜左拾遗，历翰林学士，中书舍人，兵部侍郎。以不附朱全忠贬濮州司马，再贬荣懿尉，徙邓州司马，天祐二年（九○五）复原官，但不赴召，南依王审知而卒。

这是一位风骨嶙峋的诗人，但《香奁》一集艳诗比温、李尤细腻温柔，引数首如下：

碧阑干外绣帘垂，猩色屏风画折枝。八尺龙须方锦褥，已凉天气未寒时。（《已凉》）

香侵蔽膝夜寒轻，闻雨伤春梦不成。罗帐四垂红

烛背，玉钗敲著枕函声。(《闻雨》)

一夜清风动扇愁，背时容色入新秋。桃花脸里汪汪泪，忍到更深枕上流。(《新秋》)

桃花脸薄难藏泪，柳叶眉长易觉愁。密迹未成当面笑，几回抬眼又低头。(《复偶见三绝》其二)

李商隐首创"无题"诗体，韩偓也曾仿他作《无题十四韵》，吴融、令狐涣、刘崇誉、王涣等皆和之。但商隐"无题"系影射宫嫔恋史，韩偓的仿作虽语意相类，却是没有内容的。

唐彦谦，字茂业，并州人。咸通时举进士十余年不第，累官至副使，阆壁绛三州刺史。彦谦博学多艺，文词壮丽，至于书画音乐饮博，无不出于辈流，号鹿门先生。

《旧唐书·文苑传·唐次传》："彦谦……少时师温庭筠，故文格类之。"但宋初杨亿却说："鹿门先生唐彦谦，为诗纂慕玉溪，得其清峭感怆。"杨慎《升庵诗话》也曾说："唐彦谦绝句，用事隐僻，而讽谕悠远，似李义山。"温、李诗格本相近，谓其学温学李无不可，但如《全唐诗话》所引：

露白风清夜向晨，小星垂佩月埋轮。绛河浪浅休

相隔，沧海波深尚作尘。天外凤凰何寂寞，世间乌鹊漫辛勤。倚阑殿北斜楼上，多少通宵不寐人。(《七夕》)

一夜高楼万景奇，碧天无际水无涯。只留皎月当层汉，并送浮云出四维。雾静不容玄豹隐，冰生唯恐夏虫疑。坐来离思忧将晓，争得嫦娥仔细知。(《中秋夜玩月》)

不是故意学李商隐的"无题"吗？不过也像韩偓的"无题"，仅有表面，没有内容。总算上了李商隐的当。

秦韬玉，字仲明，京兆人，中和二年（八八二）得准敕及第。僖宗幸蜀以为工部侍郎。他也是温、李一派，他与李山甫均以《贫女》诗出名，李诗见前，他云：

蓬门未识绮罗香，拟托良媒益自伤！谁爱风流高格调，共怜时世俭梳妆。敢将十指夸针巧，不把双眉斗画长。苦恨年年压金线，为他人作嫁衣裳！

又他的《吹笙歌》"弯弯狂月压秋波""管中藏著轻轻语"，倩丽似温。《天街》"宝马竞随朝暮客，香车争碾古今尘"，《豪家》"地衣镇角香狮子，帘额侵钩绣避邪"，《咏手》"一双十指玉纤纤，不是风流物不拈。鸾镜巧梳匀翠黛，画楼闲望擘珠帘。金杯有喜轻轻点，银鸭无香旋旋添。因把剪刀嫌道冷，泥人呵了弄人髯"，则又似李似韩。

赵嘏，字承祐，山阳人，会昌二年（八四二）进士，大中间仕至渭南尉卒。嘏为诗赡美，多兴味，杜牧尝爱其《长安秋望》中"长笛一声人倚楼"之句，吟叹不已，人因目为"赵倚楼"。今录其全诗于下：

云物凄凉拂曙流，汉家宫阙动高秋。残星几点雁横塞，长笛一声人倚楼。紫艳半开篱菊静，红衣落尽渚莲愁。鲈鱼正美不归去，空戴南冠学楚囚。

其"一千里色中秋月，十万军声半夜潮""梁王旧馆已秋色，珠履少年轻绣衣""满楼春色傍人醉，半夜雨声前计非""三千宫女自涂地，十万人家如洞天"，张为取为《主客图》，词采清华之中兼有俊逸豪迈之气，又善作拗句，真得杜牧嫡传。

第五派 这一派是学韩愈的，唐末诗人皮日休、陆龟蒙天才最高，成就也最大，在混乱靡萎的诗坛之中可说是极有价值的一派。但后人因皮日休替陆氏《松陵集》作的序，有"近代称温飞卿、李义山为之最，俾生参之，未知其孰为之后先也"。遂将陆龟蒙归入李派，并以皮日休与陆唱和甚多，体裁酷肖，亦指为李派羽翼。但细读皮氏全序则并不如此。他历论《楚辞》至唐诗风的变化，归之自然。并说只有天才，始可划分时代。其"以陆生参之，乌知其孰为先后"的话，则说元和、长庆之后成为温、李世界，能取而代之者唯有龟蒙也。后人断章取义，致发为与皮氏相反的论断，岂不可笑？

胡光炜说皮、陆二人学韩愈，因他们一则用散文句法作诗，二则喜用汉赋及扬雄《太玄经》字法。(《中国文学史讲稿》)见地可谓特独。不过我以为二人不但学韩，且学杜甫、白居易，而才力雄大，虽学而能变化，故非同时诗人可及。

皮日休，字袭美，一字逸少，襄阳人，性傲诞。隐居鹿门，自号"闲气布衣"，咸通八年（八六七）登进士第。崔璞守苏，辟军事判官。入朝授太常博士。黄巢陷长安，迫署学士，使为谶文云："欲识圣人姓，田八二十一，欲知圣人名，

《闲夜酒醒》 皮日休

果头三屈律。"巢头丑,掠发不尽,疑其讥己,怒甚,杀之。死当在广明中。(约八八三)

陆龟蒙,字鲁望,苏州人。举进士不第,辟苏湖二郡从事,退隐松江甫里,多所论撰,自号天随子,以高士召不赴。卒于广明中和间(八八〇至八八一)。按旧史称"李蔚、卢携素重之,及当国,召拜拾遗,诏方下,卒。光化中赠右补阙"云云。考李、卢相于乾符元年(八七四),五年(八七八)皆罢,而陆氏丛书自序有"自乾符六年春,卧病于笠泽之滨",可见二人罢相后,陆犹无恙。今据林希逸序文改正。

二人曾同居太湖,所以关于太湖及吴中景物吟咏极多。又因二人都闲居多暇日,所以关于渔、樵、松、鹤、茶、酒等作也裹然成帙。如《奉和鲁望渔具十五咏》《添鱼具诗》《樵人十咏》《奉和袭美酒中十咏》《添酒中六咏》《茶中杂咏》《小松》《新竹》《鹤屏》《小桂》等。"处士文学"至二人总算到了大成的地步,又皮氏喜为杂体,如吴体诗、回文诗、四声诗、双声诗、叠韵诗、离合诗、人名诗等,这也是闲居无事、以诗为玩艺的结果。

《北梦琐言》称咸通中皮日休以进士上书两通,一请以废庄、列之书，以《孟子》为学科，谓："圣人之道不过乎经，经之降者不过乎史，史之降者不过乎子，子不异道者《孟子》也。舍是而诸子者，必斥乎经史，为圣人之贼也。"一请以韩愈配飨太学，谓韩为孟、荀、文中子以后一人，"蹴及杨、墨，蹂践释、老，故得孔道，炳然如日星焉，吾唐以来一人而已"。这可见他学问的本原了。而陆龟蒙《读襄阳耆旧传，因作诗五百言寄皮袭美》称赞皮氏学问有"积渐开词源，一派分万溜。先崇丘旦室，大惧隳结构，次补荀、孟垣，所贵亡罅漏"。和皮诗有"轲雄骨已朽，百代徒赵趄，近者韩文公，首为闲辟锄。夫子又继起，阴霾终廓如"等语。皮氏答他的诗，于唐诗人推陈子昂、李太白、孟浩然、杜子美，又说："昌黎道未著，文教如欲骞，其中有声病，于我如誕殫。是敢驱颓波，归之于大川。其文如可用，不敢佞与便。明水在稿秸，太羹临豆笾，将来示时人。鷾鸸垂馋涎……唯思逢阵敌，与彼争后先。"他要与韩愈争先，后人乃派他为温、李羽翼，宁他所能逆料？

皮日休留心经世之学，所以文学上学韩之外，又学杜甫与白居易二人，《湖广通志》称其文"皆上剥远非，下补近失，非空言也"。他的《三羞诗》《七爱诗》《正乐府十篇》

正是有心学白居易《新乐府》《秦中吟》的。现引其《橡媪叹》：

> 秋深橡子熟，散落榛芜冈，伛偻黄发媪，拾之践晨霜，移时始盈掬，尽日方满筐。几曝复几蒸，用作三冬粮。山前有熟稻，紫穗袭人香，细获又精舂，粒粒如玉珰，持之纳于官，私室无仓箱，如何一石余，只作五斗量？狡吏不畏刑，贪官不避赃，农时作私债，农毕归官仓，自冬及于春，橡实诳饥肠。吾闻田成子，诈仁犹自王，吁嗟逢橡媪，不觉泪沾裳！

又其《太湖石》"或拳若虺蜴，或蹲如虎豹，连络若钩锁，重叠如萼跗，或若巨人骼，或如太帝符。胅肛篑笃笋，格礚琅玕株，断处露海眼，移来和沙须"，则显明地学韩愈《南山诗》。《石板》"狂波忽然死，浩气清且浮，似将翠黛色，抹破太湖秋"，《缥缈峰》"恐足蹈海日，疑身凌天风，众岫点巨浸，四方接圆穹，似将青螺髻，撒在明月中"，气势雄伟尤似韩。

陆龟蒙是个道地的处士，平生做的官不过湖、苏州郡从事，游历的地方也像很少，所以作品里表示国家社会的意见不多。但《江湖散人歌》痛恨藩将之割据，与宦官之握兵，议论激烈，无异杜、白。《阴符经》是中国的战争哲学，《读阴符经寄鹿门子》有"只为读此书，大朴难久存"句，大加反对，而《杂讽九首》学陈子昂的《咏怀》，对时局有痛切的议论。《南泾渔父》《刘获》《彼农》等诗替农民叫苦，可见他也不是专为"空言"的诗人。

他喜修炼术，故作品有铅汞气。也喜咏物，"九秋风露越窑开，夺得千峰翠色来！"是咏越窑的名句。

他与皮日休的唱和几占全集十分之八，受他影响必不少。我现在引他《战秋辞》一段以见他学韩的处所：

> 无何云颜师，风旨伯，苍茫惨澹，赜危撼划。烟蒙上焚，雨阵下棘，如濠者注，如垒者辟，如蠹者亚，如队者析，如矛者折，如常者拆，如矢者仆，如弦者磔，如吹者喑，如行者惕……天随子曰：吁，秋无神则已，如其有神，吾为尔羞之。南北畿圻，盗兴五期，方州大都，虎节龙旗，瓦解冰碎，瓜分豆离，斧抵耋老，干穿乳儿，昨宇今烬，朝人暮尸，万犊一唪，千

仓一炊，扰践边朔，歼伤蛮夷，制质守帅，披攘城池，弓卷不刓，甲缀不离，凶渠歌笑，裂地无疑。天有四序，秋为司刑……可堑溺颠陷，可夭札迷冥，曾忘鏖剪，自意澄宁，苟蜡礼之云责，触天怒而谁丁？奈何欺荒庭，凌坏砌，撒崇苴，批宿蕙……可谓弃其本而趋其末，舍其大而从其细也。辞犹未已，色若愧耻，于是堕者止，偃者起。

不要说那些铺排的句法像韩，即"昨宇今烬，朝人暮尸，万犊一啖，千仓一炊"，置之韩集真可混楮页。总之皮、陆二人作品条畅充沛，清越峭拔，意无不言，言无不尽，宋人以议论入诗已导源于此。唐末诗坛有他两人也算有了个体面的下台了。

本作品中文简体版权由湖南人民出版社所有。
未经许可，不得翻印。

图书在版编目（CIP）数据

唐诗二十讲/苏雪林著. -- 长沙：湖南人民出版社，2024.9
ISBN 978-7-5561-3451-9

Ⅰ.①唐… Ⅱ.①苏… Ⅲ.①唐诗－诗歌研究 Ⅳ.①I207.227.42

中国国家版本馆CIP数据核字（2024）第032370号

唐诗二十讲

TANGSHI ERSHI JIANG

著　　者：苏雪林
出版统筹：陈　实
监　　制：傅钦伟
选题策划：北京领读文化
产品经理：领　读-孙华硕
责任编辑：张玉洁
责任校对：吴　静
封面设计：周伟伟

出版发行：湖南人民出版社有限责任公司［http://www.hnppp.com］
地　　址：长沙市营盘东路3号　邮编：410005　电话：0731-82683313
印　　刷：深圳市彩之美实业有限公司
版　　次：2024年9月第1版　　　　　　　　印　　次：2024年9月第1次印刷
开　　本：880 mm × 1230 mm　1/32　　　　印　　张：8.5
字　　数：144千字
书　　号：ISBN 978-7-5561-3451-9
定　　价：65.00元

营销电话：0731-82683348（如发现印装质量问题请与出版社调换）